DOIS MUNDOS E VOCÊ

HELENA NUNES

LETRAMENTO

Copyright © 2024 by Editora Letramento
Copyright © 2024 by Helena Nunes

Diretor Editorial Gustavo Abreu
Diretor Administrativo Júnior Gaudereto
Diretor Financeiro Cláudio Macedo
Logística Daniel Abreu e Vinícius Santiago
Comunicação e Marketing Carol Pires
Assistente Editorial Matteos Moreno e Maria Eduarda Paixão
Designer Editorial Gustavo Zeferino e Luís Otávio Ferreira
Imagens de capa Shkraba Anthony - Pexels

Todos os direitos reservados. Não é permitida a reprodução desta obra sem aprovação do Grupo Editorial Letramento.

Dados Internacionais de Catalogação na Publicação (CIP)
Bibliotecária Juliana da Silva Mauro - CRB6/3684

N972d	Nunes, Helena
	Dois mundos e você / Helena Nunes. - Belo Horizonte : Letramento, 2024.
	108 p. ; 23 cm.
	ISBN 978-65-5932-510-8
	1. Distopia contemporânea. 2. Liberdade. 3. Igualdade de gênero. 4. Representatividade LGBTQIA+. I. Título.
	CDU: 82-31(81)
	CDD: 869.93

Índices para catálogo sistemático:
1. Literatura Brasileira - Ficção 82-31(81)
2. Literatura brasileira - Ficção 869.93

LETRAMENTO EDITORA E LIVRARIA
Caixa Postal 3242 – CEP 30.130-972
r. José Maria Rosemburg, n. 75, b. Ouro Preto
CEP 31.340-080 – Belo Horizonte / MG
Telefone 31 3327-5771

7	**PRÓLOGO**	57	**13.**
9	**1.**	60	**14.**
12	**2.**	63	**15.**
15	**3.**	67	**16.**
18	**4.**	71	**17.**
21	**5.**	74	**18.**
23	**6.**	80	**19.**
28	**7.**	85	**20.**
33	**8.**	89	**21.**
38	**9.**	93	**22.**
43	**10.**	99	**23.**
46	**11.**	104	**EPÍLOGO**
53	**12.**		

PRÓLOGO

Sentado na cadeira, seus olhos queimavam de raiva. Corpo cansado. Ele era um bom marido, nunca deixou faltar nada para ela. Deu uma casa cheia de empregados, deu joias, roupas e tudo que uma mulher poderia desejar. Mas ela não o valorizou.

— Estamos mais uma vez aqui, por sua culpa! — bufou. — Eu sempre fui sincero com você sobre quais eram os meus objetivos. Não a forcei a se casar comigo, como muitos dos meus amigos fizeram com suas esposas. Eu enamorei você, queria te agradar.

A pupila dele dilatou mais uma vez, levantou-se e foi em direção a ela. Ele usando as costas da mão e com anel no dedo mindinho e outro no anelar desferiu tapas. Ela ergueu os seus braços amarrados pelo punho num ato defensivo. O sangue espirrou nos dois.

— Não vai dizer nada? Nem debater comigo? Como de costume. Diga algo, mulher! Esse tempo maior no hospital finalmente a fez entender que você não deve dirigir a palavra a mim sem permissão? Mas você ainda não entendeu que eu sou o seu dono. Além de tentar fugir, desvirtua outras mulheres a irem junto com você. Ainda bem que salvei nossa filha dessa loucura sua.

Ele se sentou na sua cadeira, virou a mão e viu o sangue dela na sua pele.

— Quando eu decidi construir esse pequeno castelo para ser nosso lar, meu pai me disse que faltava algo. O quarto da advertência. Tentei lhe explicar que com você seria diferente, que o nosso casamento não era apenas um acordo. Mas ele, sábio como é, me disse: "Filho, as mulheres são impetuosas, descontroladas, precisam de direção. Não conseguem tomar as melhores decisões sozinhas". Eu acreditava em nós. Mas você me fez usar esse quarto por diversas vezes, e agora isso, uma tentativa de fuga, me expondo como fraco — seu rosto ficou vermelho —, eu não sou fraco!

— Tem certeza? — a voz da mulher o questiona baixinho. Ele, com o corpo possuído de fogo, dirigiu-se a ela com o punho fechado.

Ela, num ato reflexivo, encolheu-se e tentou chutá-lo, conseguindo atingir o joelho dele. Sua perna estava travada, então ele perdeu o equilíbrio e caiu, batendo o rosto no chão. Ele machucou o nariz e ficou tonto. Ela, usando a boca, conseguiu se soltar, e com o corpo foi para cima dele, chutou e socou. Disse aos gritos: "Covarde! O que fez com a nossa filha?". O homem conseguiu se recompor e o ódio tomou conta dele. Ele não era mais um homem.

Ele a conteve e a pegou pelos cabelos.

— Nunca a expus. Mas você não foi digna, nem para me dar filhos homens. Eu tive de dormir com outras mulheres por sua causa. E agora isso. Fique tranquila, nossa filha será uma mulher de verdade.

Arrastou-a para fora, segurando-a pelos longos cabelos. Ela se debatia.

Sem ajuda de nenhum dos seus homens, ele a dependurou no pilar próximo à porta, no qual o gancho estava sujo de sangue. E pediu o chicote.

— Membros do conselho, eu os chamei para ver a advertência silenciosa, mas esta não foi suficiente, então a educarei em público, por ferir um homem digno como eu.

O som do chicote ao estalar no chão arrepiou os pelos de quem ouvia. Iniciou a primeira descida pelas costas dela. A cada corte a morte era sua esperança. Ele fez questão que todos os presentes contassem com ele. Ela procurou o rosto da filha. Quando viu aqueles olhos negros distante, pediu perdão para filha. Na vigésima quinta chicotada, ele se aproximou dela.

— Eu implorei para você ser uma boa esposa — diz baixinho no seu ouvido.

— Paulo, me deixa morrer. — Ela não sabia se era sangue, urina ou lágrimas que a molhava, então desmaiou.

1.

Acordou, e a dor suave nas costas se fez notar. Ela teve uma sensação estranha, mexeu a cabeça e tentou lembrar-se do que aconteceu na noite anterior. Ouviu o chuveiro fazendo barulho, mas ainda estava confusa. Quando percebeu, não estava em seu quarto, nem na sua cama.

As recordações da noite estavam manchadas. Por que será que ela insistia em beber tequila? Por que não ficou somente no vinho ou qualquer outra bebida que não a deixasse nesse estado? Procurou o seu telecomunicador. Eram quase oito da manhã. Tinha que reler os dados da reunião que teria à tarde. A coordenadora a pressionava para ganhar esse caso, "Mas primeiro preciso saber onde estou e com quem estou", pensou.

— Bom dia, dormiu bem? — perguntou a mulher saindo do banheiro de roupão com um sorriso encantador nos lábios.

"Quem seria e qual o seu nome?", ela se perguntou. Em seguida a mulher continuou:

— Imagino que você deve estar pensando: "Com quem eu estou falando?". Bem que me avisaram

— Desculpe, deve ter sido a tequila.

— Imagino. Vamos tomar café, mas primeiro deixa eu me apresentar, sou Rayne, nos conhecemos no bar, próximo ao prédio da Justiça Comum, e sou Decisora da área comercial.

— Estou envergonhada.

— Não precisa mentir. Atuo na área comercial há muito tempo, sei exatamente quando um comerciante está falando a verdade — sorriu.

— Fiquei sem graça, e foi pra valer.

— Relaxa, a maturidade tem suas vantagens. Dá a liberdade de não criarmos expectativas sobre coisas que não temos o controle. Então, depois de nos apresentarmos podemos tomar o café juntas, e aí você pode ir para casa.

— Aceito o café, o mínimo que posso fazer é acompanhar você.

***

Depois do café com a Rayne, ela pegou o ônibus movido por energia solar para o seu apartamento que não ficava longe. Eles eram confortáveis e agradáveis de usar na capital do Continente Liberta. Em Bernaco, sua terra de origem, a liberdade de andar a qualquer hora do dia na rua e usar os transportes, seja público ou particular, era restrito aos homens. Somente eles podiam ser vistos dirigindo veículos e andando nas ruas sozinha, e não se via homens e mulheres misturados numa multidão. Sentia saudade das pessoas amadas, mas não daquele mundo. Ao abrir a porta do prédio o qual morava, percebeu um arrepio no pescoço, girou para trás, mas nada viu. Foi interrompida pelo porteiro.

— Como vai, senhora Cristine? Tem correspondência para senhora.

— Obrigada, senhor Martines.

— Quer que eu avise para levarem o seu café?

— Muito grata, mas já tomei o café.

Essa era uma das regalias que o seu atual salário lhe dava. Liberta era um lugar que possibilitava — não somente a ela, mas para todos que ali viviam — o crescimento. Qualquer um poderia chegar na vida que desejasse. Se a pessoa, como ela, não gostasse de cozinhar, podia solicitar refeições feitas e servidas no próprio condomínio. Cozinhar não lhe trazia boas lembranças, algumas cicatrizes na alma nunca se apagam. Elas ficam menos perceptíveis com o tempo, mas sempre estarão ali.

Abriu a porta do apartamento, entrou e começou a rir de si mesma. Como poderia ser tão dissimulada? Nem o nome da mulher conseguiu lembrar.

No entanto, Cristine se orgulhava do seu trabalho, isso ela fazia bem, conquistou o que queria, com ajuda dos seus amigos na caminhada.

Caminhou até o quarto de Alice, sua maior motivação. A menina não teria de passar o que ela passou. Ela não poderia apagar as memórias ruins da filha, e nem acabar com os pesadelos que ainda a cercavam, mas teria um futuro diferente do dela.

No quarto vazio, sabia que a menina estava na escola, sentiu o cheiro da sua avó materna, as pálpebras umedeceram. Era Impositora, como sempre sonhou. Quando criança, procurava os culpados e prezava pela justiça, nas brincadeiras na varanda dos avós. Era o espaço que poderia ser ela mesma e sonhar com um mundo mais justo.

Arrumou-se e foi para o seu trabalho.

2.

Diferente da manhã de Cristine, a de Viviane foi conforme o previsto. Acordou. Tomou um café leve. Correu. Arrumou-se. Seguiu para o trabalho, do qual sentia grande orgulho. Admirava o prédio da Justiça que era composto por quarenta e um andares e um vidro que espelhava o símbolo da justiça, uma forma híbrida de homem e mulher com os olhos vendados, com uma balança na mão direita e na outra, um livro. No décimo terceiro andar ficavam os dois refeitórios.

Neste andar, havia o refeitório Moira. Viviane só almoçava nele. Ela escolheu o que considerava mais saudável: verduras, legumes, carne magra e um doce leve. Tudo na medida certa. Acomodou-se para esperar os seus colegas atrasados — raras vezes ela se atrasava para o almoço —, procurando-os na fila. Logo viu Amélia acenando, João, atrás dela.

— Desculpe o atraso, mas sabe como é, no meu gabinete tudo fica para última hora. Por falar nisso — Amélia continuou sem tomar fôlego — tá sabendo da nova Impositora no setor do João? Conta aí, como ela é?

— Você é uma atrevida, né? Não esperou nem eu contar.

— Ok, entendido, mas agora conta tudo — Amélia pediu desculpas no olhar.

Viviane estava acostumada com aquela agitação dos colegas, eles eram animados e divertidos e faziam o seu almoço ser mais interessante.

— Disseram que ela veio do sul do continente. Ela exerca a mesma função, mas há todo um mistério sobre ela. Procuramos até saber mais, né, mas tudo começa com ela, a Impositora. Inclusive, como sabem, eu tenho um conhecido do setor de informações....

— Como você é um descarado! Conhecido?! Sabemos quem é. Você só não quer assumir.

— Por que você insiste nesse assunto? — Viviane adorava aqueles momentos de discórdia entre os dois. — E você aí? Tira esse sorrisinho do rosto, porque eu também sei que você andou falando com o assessor do sexto andar.

— Foi somente trabalho, mas continua contando. O que descobriu, João? — Amélia abriu uma boca de espanto para Viviane.

— Então, ele procurou outras informações da região sul. Pasmem, achou pedaços de informações. Mas nada com precisão. A impressão é que ela passou a existir só depois de ser Impositora.

— Ah, ela deve pertencer alguma família importante do sul, dependendo da família, não divulgam nada.

— Também pensamos nisso, mas não encontramos a raiz da família pelo sobrenome — refletiu por um instante — Eu tenho o meu registro de mudança com todas as minhas informações.

— Então pode ser o que Amélia falou, ela ser de alguma família importante.

— Sinceramente estou intrigado. Eu acho que tem algo mais nesta questão. Vejam, ela vem de lá, e é aceita para ocupar o cargo de imediato no primeiro ano aqui?

— Ué, há dois anos o Impositor do nono andar também ocupou o cargo em um ano — comentou Viviane.

— Para mim ela dormiu com alguém ou deram uma forcinha por ser filha de alguém.

— Aff, você tá parecendo aqueles homens de Bernaco.

— Eu queria ver o João vivendo lá. Ia ter que se contentar só com as mulheres, e ser um pouco mais macho.

— E depois eu sou o machista, né, Dona Viviane?

— Só estou dizendo.

— Tá, e mais uma coisa: ela tem uma filha.

— Como?! — falou Amélia. — Ouvir dizer que ela aparece naquele barzinho do fervo quase que direto, e cada dia uma.

— Vocês são o canal de informação mesmo, né? Vou sugerir que tirem o mural de informações da entrada. Até o momento era uma simples Impositora nova, e agora já sabem até as preferências dela.

— É o que me disseram, eu não saí perguntando, as pessoas vem me contar. Ela chegou muito rápido como Impositora Titular, isso atrai a atenção.

— Só atrai porque ela é mulher. Duvido que se fosse um homem teria esse burburinho.

Depois daquele almoço cheio de novidades, que para Viviane nada alterava na sua rotina, voltaram para o trabalho.

3.

Um pouco mais cedo, depois do café da manhã na casa de mais uma mulher diferente, Cristine chegou no prédio que ficava em destaque naquela capital que encantava sua visão.

Uma cidade moderna na medida certa, entre tecnologia e natureza. Ela foi planejada em cada detalhe, os prédios importantes dos poderes: Justiça, Governamental e Legal. Ficavam ao centro da cidade facilitando o acesso para todos os cidadãos. Havia grandes viadutos, ruas largas e prédios mais baixos ao redor dos três poderes. Os transportes particular e público tinham fácil acesso ao prédio.

Entrando no escritório, Cristine foi recebida pela sua supervisora. O frio na espinha subiu.

— Senhora Cristine, poderíamos conversar? — perguntou Mariana. Desta deveria manter distância. Há alguns meses, Cristine percebeu que o seu lugar corria risco por causa do interesse de Mariana na vaga dela para o seu namorado.

— Sim — imaginou o que seria.

Todos estavam agitados com a reunião das dezessete horas. Há muito tempo estavam investigando o acusado. Ele era acusado de ser o chefe do esquema que contrabandeava meninas para Bernaco. Apesar de ter acabado de entrar, os casos eram distribuídos por sorteio dentro das áreas de cada Impositor, e Cristine foi a sorteada para esse caso, assim que foi nomeada como titular.

— Quais são os pontos que pretende abordar? Pensou em algo diferente do que conversamos ontem, ou vai ser seguir o conversado? — a supervisora era como uma orientadora, mas a estratégia e andamento da reunião cabia apenas ao Impositor Titular.

— Até agora não pensei em mudar nada, mas vou dar mais uma lida. Caso tenha algo novo, eu a procuro para conversamos, tudo bem?

— Combinado.

Sentou-se na sua cadeira aconchegante, pegou os escritos, releu as provas e as informações, ouviu os depoimentos. Por fim, montou suas alegações para convencer os Decisores.

Na hora do almoço, foi para o refeitório e sentou-se com os colegas que sempre comiam no refeitório da Themis, e perguntou algo aleatório:

— Por que sempre vamos neste e não naquele?

— Sinceramente, acho que é por hábito, porque realmente viramos para a porta da direita — respondeu Caio. Nataly concordou com a cabeça.

— Então amanhã vamos ao outro refeitório para fazer algo diferente — impôs Cristine.

— Por mim tudo bem.

O assunto do almoço foi a noite de esquecimento da Cristine. Eles não acreditaram que ela não recordava do nome da mulher.

— Você não lembra que fez até uma aposta conosco? Isso porque você estava na sua segunda dose de tequila.

— Eu falei para vocês não me deixarem beber tequila, no máximo uma.

— Certo! — disse Nataly — Como se fosse fácil dizer para você não fazer algo.

— Só para saber, qual foi a aposta?

— Nem da aposta você lembra? — perguntou Caio inconformado. — Simples, quem saísse com ela do bar, eu ou você. O perdedor pagaria a rodada da sua próxima folga de mãe, porque Nataly é puritana. Eu nem sei como ela frequenta o fervo.

— Então, eu ganhei.

— Você não ganhou, porque na realidade quem te tirou do bar foi ela e não você.

— O que aconteceu?

— Você passou por ela toda estranha, aí ela disse que iria te ajudar, e te levou para casa dela.

— E ainda tomei café da manhã com ela, só não sei se aconteceu algo.

— Aí é contigo — falou Nataly.

— Ainda bem que anotei tudo para reunião de hoje à tarde, assim não cometo o erro de esquecer — Os três riram.

Estes momentos amenizavam as amargas memórias de Cristine de Bernaco. Ela casou-se porque não teve escolha. As filhas dos abastados eram para casar. Tentou até virar serviçal para não se casar. Levou a sua primeira surra de um homem, seu pai.

Conhecia uma surra, mas das mulheres benfeitoras, que cuidaram dela até os sete anos. Elas torturavam as meninas com trabalho forçado, as deixavam-nas na chuva e no frio e no vento. Testavam a resistência físicas e mentais ao limite de cada garotinha. As sobreviventes, pois muitas morriam, após os sete anos eram registradas e retornavam às suas famílias. Se eram abastadas, casavam-se, se serviçais, serviam, em todos os sentidos, os seus patrões homens. Seus avós tentaram de várias formas evitar a ida dela e de suas irmãs para a Casa das Benfeitoras. Esforço em vão, foram exilados no próprio continente. Conseguiram apenas que, ao saírem de lá, fossem morar com eles até o casamento.

4.

    Viviane chegou ao Gabinete, mas o seu chefe ainda não havia retornado. Checou o correio eletrônico e as demais mensagens para ver se algo tinha mudado nas reuniões marcadas no período da tarde. Rolando a tela do visor viu um nome diferente, Cristine. Acreditou tratar-se da nova Impositora, falaram tanto dela, menos o nome dela.

    — Viviane, boa tarde. A Letícia acabou de avisar que não está se sentindo bem, poderia substituí-la? — Viviane, normalmente, ficava atrás da formação de julgamento, posição que possibilitava ver a todos.

    — Posso sim. — "A tarde seria um pouco diferente", ela pensou.

    A primeira reunião iniciou às quatorze horas. Dezessete horas, entrou Cristine, a nova impositora, atraindo o olhar de todos. Seu andar era leve, os cabelos longos, ondulados e cintilantes, sua postura firme e concentrada.

    A sala tinha o formato oval, com mezanino ao fundo. Os participantes da reunião no andar de baixo formavam um semicírculo, no qual ao fundo ficava o Decisor ou Decisora presidente e à frente dele os sete Decisores, sempre composto por três mulheres e três homens, sendo o sétimo sorteado entre homens e mulheres. As laterais eram ocupadas pelas partes envolvidas.

    Viviane escrevia quando sentiu a mudança no ambiente. "Então é você? Como ela impactou o ambiente. Ela é muito bonita, postura clássica e sútil." Cristine ocupou o lugar à esquerda do semicírculo. No centro do semicírculo ficava o Decisor com Viviane a sua direita. A separação entre os participantes era de um metro.

    A Impositora iniciou a exposição, levantou-se e dirigiu-se ao centro do semicírculo. Enquanto falava, a cabeça de Viviane zumbia, os pés estavam inquietos. Não conseguia tirar os olhos da recém-chegada, concentrada em cada movimento que ela fazia. O estômago revirou, seus olhos ficaram secos, o mecanismo de piscar parou.

— Alguma dúvida ou questão da Mesa Decisora? — finalmente, com aquela pergunta, Viviane saiu do transe.

A Impositora dirigiu-se para sentar-se. O corpo esguio de Viviane estagnou por milésimos de segundo com a piscada que a Impositora lhe deu.

— Viviane poderia me dar o relatório? — ela escutou a voz do chefe no fim do túnel.

— Pode começar, Defensor.

— Tudo bem? — o seu chefe a questionou baixinho.

— Oh, sim, desculpe...

— Está se sentindo bem, parece um pouco aflita.

— Não é nada. O senhor precisa do relatório, eu acho.

— Exato.

— Aqui está.

Viviane entregou o relatório, mas ficou absorvida pelos seus pensamentos. Seu corpo ainda se recompunha, mas suas mãos não obedeciam e seus olhos não conseguiam mais parar de olhar para ela. Perdeu o controle básico da sua mente que vagava como se tivesse vida própria.

O Defensor finalizou. O Decisor passou a expor as provas, documentais e materiais, e os depoimentos das testemunhas. O Decisor e a Mesa Decisora tinham acesso às provas ao mesmo tempo, fazendo a análise juntos do conteúdo probatório. As dúvidas sanavam-se com o questionamento às testemunhas ou às partes.

Após trinta minutos, os Decisores nada decidiram. Resolveram dar continuidade no dia seguinte às nove horas.

A saída dos participantes ficava no fundo da sala de reunião. Os demais que assistiam no mezanino se dirigiam ao lado oposto. O corredor era largo e dava acesso às diversas salas de reuniões, com um par de elevadores destinados aos participantes. Viviane e seu chefe caminhavam para um destes elevadores. Ele a questionava se poderia participar da reunião do dia seguinte. Ela notou um olhar e quando se virou a Impositora a percorria com os olhos, e mais uma vez recebeu outra piscada.

Viviane desconcertou-se por completo e virou-se para frente. Não podia acreditar no que acabara de acontecer. Indagou mentalmente:

"Será que eu entendi direito?". Queria virar-se mais uma vez, mas não o fez, somente quando entrou no elevador, ergueu o pescoço, ela conversava com algumas pessoas, e a demarcava com um sorriso.

5.

Cristine esperava no corredor paralelo, eram dezesseis horas e cinquenta e cinco minutos. Era o seu primeiro grande caso. Havia treinado sua fala, as provas estavam bem demarcadas, só tinha que fundamentar. Ouviu anunciar sua reunião. Entrou. Sentiu o foco em si, suas pernas estavam trêmulas, mas sua postura impecável. Sentou-se. Olhou para o mezanino, viu o acusado e seu Defensor e os cumprimentou. Avistou, também, os Decisores do lado esquerdo e o Decisor presidente do lado direito, foi quando viu a assistente dele e não mais conseguiu mover a cabeça.

Mas logo foi chamada para começar suas alegações e assim o fez. Falou pausadamente e com clareza, expôs os seus porquês, mas, mesmo concentrada no que fazia, não conseguia deixar de notar o quanto a assistente se fazia presente no seu ângulo de visão. Todos se concentraram por completo nela, e ela finalizou e concluiu garantindo que a melhor decisão seria a condenação. Foi em direção à sua cadeira, ajeitou a sua roupa com a sutileza, que lhe era natural e sentou-se. Os Decisores não fizeram qualquer questionamento. Os olhos da assistente estavam nos seus, então piscou involuntariamente. "Cristine, por que você fez isso? O que está pensando? Está no seu local de trabalho, não pode fazer isso aqui, não está flertando numa mesa de bar, foco", ela pensou. Tem coisa que não temos o controle, por mais que tentemos, por mais que nos esforcemos. Esta era a situação: ela a mirava de canto de olho.

A reunião transcorreu normalmente, mas o Decisor e a Mesa Decisora não chegaram a um consenso, então remarcaram para às nove horas do dia seguinte. Ao saírem, a Impositora não conseguiu mais ver a assistente do Decisor e, por isso, decidiu caminhar em direção ao corredor. Nele, foi parada por Mariana e dois outros colegas que a questionaram sobre a reunião.

— Acredito que a Mesa Decisora será a favor da justiça, e tomará uma decisão equilibrada.

— Você se apresentou muito bem, mostrou certeza no que falava, as provas estão bem documentadas, são... — a mente de Cristine parou de prestar atenção no que falavam, quando viu a assistente saindo com o Decisor conversando. A assistente, num ato que parecia involuntário, olhou para ela, e Cristine novamente piscou, porém Viviane se manteve firme na caminhada, e a visão de Cristine caminhou junto com ela até o elevador. Dentro do elevador, ela moveu levemente o olhar para Cristine e os lábios para sorrir.

6.

Viviane tomava o seu café. A fumaça da caneca a fez repassar o acontecimento do dia anterior: "O sorriso suave da Impositora foi real?". Ela havia se despertado, nem sabia dizer o porquê. Há algo diferente no ar, num dia cinzento. Correu por trinta minutos, tomou o seu banho e arrumou-se, ajeitou as coisas e seguiu para o prédio da Justiça Comum.

***

Cristine foi acordada por Alice com um toque suave no rosto, perguntou se a mãe estava acordada. Despertou com aqueles olhos negros olhando para ela.

— Oi, menininha linda. Me dá um abraço — a filha ainda tinha dificuldade em ser tocada, mas não resistia ao toque da mãe e a segurança que eles lhe davam.

— Tá bom de abraço, vem tomar café.

Alice contou a sua programação do dia. Cristine estava atenta à filha, e agradecida por tê-la tirado de Bernaco e da vida de lá. Viu sua filha crescer e criou vínculo com ela, coisa que ela nunca pôde ter com sua mãe. Ela nem sabia qual era cor preferida da sua mãe. Os anos na Casa das Benfeitoras quase a transformaram numa coisa e não numa pessoa.

Via na filha traços dos seus avós maternos. Cristine, assim como suas irmãs, depois de saírem da Casa das Benfeitoras, foram para casa dos seus avós. Essa foi a única condição que seu avô exigiu para aceitar o exílio. Lá aprendeu coisas proibidas a uma mulher, como ler, estudar ou sonhar. E suas irmãs, como será que elas estavam? Após os casamentos arranjados, as mulheres eram afastadas dos parentes de origem e passavam a viver somente com a família do marido.

As duas se arrumaram e saíram juntas. A caminhada foi repleta de conversas animadas. Cristine deixou Alice na escola e seguiu para o trabalho, como era habitual.

Desceu do ônibus, o qual andava sobre os trilhos suspensos, viu novamente Viviane, pensou em apressar o passo para falar com ela. Mas hesitou.

Viviane parou no mural de informações. Virou-se, viu Cristine e a cumprimentou com a cabeça. Cristine parou e comentou:

— O dia começou cedo.

Viviane moveu a cabeça concordando e sorriu, mas não disse nada. Absorvida pelos pensamentos do porquê aquela mulher estava ali ao seu lado, não notou que Cristine não estava mais lá e sim na fila do elevador. "O que ela tem que me deixa tão desconcertada?". Decidiu ler outras informações antes de sair dali.

O corredor estava vazio, e Cristine repassava mentalmente a reunião do dia anterior, suas alegações, as provas e testemunhas ouvidas. Foram chamados para iniciar a reunião.

— Agradeço o retorno de todos, vamos dar início aos trabalhos. Queremos inquirir novamente a testemunha Marisa e o acusado.

Os Decisores faziam as perguntas que eram refletidas nas telas para registro, o Decisor presidente lia em voz alta.

Cristine notou o olhar de Viviane nela. Mas bloqueou qualquer pensamento. Sua carreira dependia daquele julgamento para ser finalmente aceita no círculo e estabelecer-se na Capital, uma vida melhor para a mulherzinha da sua vida, sua filha.

A testemunha Marisa, no seu segundo depoimento, com as perguntas dos Decisores, perdeu-se e confundiu a história que contou. Pediu tempo para se recompor. Chorou e solicitou que o depoimento fosse reservado. Ficaram na sala os Decisores, a Impositora e o Defensor.

Após conseguir parar de chorar, revelou o esquema de contrabando das meninas com detalhes desconhecidos das autoridades. O Defensor tentou fazer objeções, mas Decisor Presidente indeferiu-as.

O corpo de Cristine reagiu a cada palavra da testemunha. Ela tinha a memória das abstinências de comida e água, bem como das surras diárias. Ela abaixou a cabeça para não notarem sua reflexão. O Decisor presidente fez uma pergunta

— A senhora entende que o que acabou de contar a coloca como co-responsável?

— Entendo. Mas tenho um motivo. Não é porque amo meu namorado, o acusado, e nem por dinheiro. Eles vigiam e mantêm minhas filhas "encarceradas" dentro da nossa casa. Fizemos um trato, eu os ajudava, eles não tocariam nelas. Pode parecer egoísmo, mas fiz o que foi necessário para protegê-las. Então peço que o Governo ajude elas.

Cristine não esperava uma revelação daquela, mandou uma mensagem para os guardas de segurança para pegarem as meninas imediatamente, mas recebeu a resposta que as meninas foram deixadas há trinta minutos na base da guarda. Os seus lábios moveram para a lateral.

O Defensor informou que precisa de tempo para avaliar o depoimento e as informações, alegando que a testemunha não tinha prova de tudo que relatou. A testemunha tirou de dentro das haste grossa dos seus óculos um memorizador e entregou ao Decisor Presidente.

— Defensor, acho que as provas estão aqui. O senhor vai precisar de tempo, o senhor tem duas horas. Farei uma cópia para Impositora, e daqui duas horas o senhor e a senhora apresentaram para os Decisores. Dispensados.

Viviane, única que não era parte, mas ficava, captou cada gesto de Cristine. O semblante dela havia se alterado durante o depoimento da testemunha. A impressão é que cada ato de crueldade descrito a atingiu. Questionou-se: "quanta dor havia ali?"

Cristine, na saída, mira em Viviane dando meio sorriso. Viviane retribui com semblante mais aberto.

***

Entrou no seu escritório, quando sentou e colocou o memorizador na tela, bateram à porta.

— Desculpe, queria saber como foi, acabou cedo? — Marina questionou.

— Não acabou ainda, temos provas novas fornecidas por Marisa.

— Mas a Marisa não é namorada dele.

— Pois é.

Marina quase elogiou Cristine enquanto saía, mas isso parecia uma traição com o seu amado.

***

O Decisor Presidente, pela ordem, escutou a Impositora primeiro. Viviane não conseguia mover o olhar para outro lugar senão nela. Questionamentos na sua mente se amontoavam.

Após a fala do Defensor, a Mesa Decisora e o Decisor Presidente solicitaram que todos se retirassem da sala, era desnecessário o depoimento do acusado. No corredor, Cristine queria prestar atenção na conversa com os colegas, virou a cabeça, contorceu o pescoço tentando relaxar, seu nervosismo era visível. Ela somente não sabia qual a origem.

Viviane ficou mais afastada esperando o Decisor chamá-la, fez um esforço para focar no conteúdo que precisava preparar, quando ouviu.

— Olá. — Cristine estava parada ao lado de Viviane, só poderia ser uma miragem, "O que essa mulher iria querer?". Ajeitou os óculos.

— Oi.

— Qual o seu nome mesmo? Te incomodo?

— Não — pensou "incomoda, tira minha atenção, se isso não for incomodar o que mais seria?".

— É a minha primeira vez como titular num caso tão importante — não entendia por que estava com dificuldade para começar aquela conversa, flertar era fácil demais. — E o seu nome, qual é?

— Desculpe, é Viviane. O meu chefe é bastante tranquilo — foi concisa para não transparecer o que ela não entendia.

— Trabalha com ele há muito tempo?

— Há algum tempo, antes trabalhei com uma Decisora que logo se aposentou.

— Estou a pouco tempo na Capital, vim do sul do continente. E você, nasceu aqui? — "Cristiane, não é um interrogatório?" — Desculpe, estou ansiosa, preciso me distrair, não precisa responder se não quiser, é apenas para jogar conversa fora. — "Conversa fora? O que deu em você?", pensou.

— Sem problemas, posso responder, sim, nasci aqui — sorriu levemente. "Que sorriso foi esse Viviane?", ela se perguntou. — Gostei do adesivo de coraçãozinho na sua pasta.

— É da minha filha, ela disse que é para ter sorte no coração.

— Está dando certo?

— Então...

O Decisor Presidente acionou o som e pediu para que todos voltassem. As duas caminharam lado a lado quando Viviane tocou o dedo mindinho da mão da Cristine. Viviane contorceu os seus músculos, sentiu a corrente sanguínea mover-se à velocidade da luz. Cristine notou o toque, e a mão ficou gelada.

Quando os Decisores anunciaram o resultado, Cristine ficou radiante. Viviane não conseguia entender o porquê daquelas sensações com relação aquela mulher. Eram coisas novas e diferentes.

7.

Consoante ao combinado com os seus amigos, Nataly e Caio entraram no refeitório Themis. Entraram e começaram a se servirem. Ela percebeu que estava sendo observada, e girou o pescoço e viu Viviane, João e mais uma moça conversando. Viviane estava nela. Sorriu, quando a viu.

— Oi, dona, para quem tá sorrindo? — João perguntou

— Pra ninguém — negou, mas avermelhou.

— Estava sorrindo para a Impositora nova? — observou Amélia, o radar humano.

— Gente, relaxa, ontem estávamos conversando sobre a reunião.

— E agora ela vem almoçar no mesmo refeitório? O acaso é uma ilusão — falou João.

— Está aumentando as coisas, senhor.

— Estou mesmo? Ela sempre almoça do outro lado, e depois da conversa, vem almoçar deste lado? E detalhe, no mesmo horário.

— Como vocês têm imaginação fértil.

— Ops, acho que não. Estão vindo na nossa direção.

— Vocês se comportem.

Sentaram-se e Cristine fez questão de sentar-se o mais próximo possível de Viviane, a cumprimentou e o João, também.

Cristine se movia com graça, era como um pássaro que dança para sua amada com as penas mais lindas. Viviane notou os gestos. Tentou prestar atenção na conversa com os amigos, mas não conseguiu, sua atenção foi dominada.

Os amigos pararam de falar e ela nem notou. Eles se olharam, João levantou a sobrancelha para Amélia, que começou a sorrir.

Amélia conhecia a curiosidade da amiga, mas nunca presumiu que ela se interesse por uma mulher. Diferente dela, Amélia dizia que sua atração era pela alma da pessoa e não pelo corpo feminino ou masculino.

— Amiga — ela a tocou de forma sutil no braço de Viviane — vamos?

— Sim, vamos.

Cristine moveu a cabeça na direção de Viviane e falou com ela.

— Viviane. Queria chamar você, João e amiga de vocês. Você é a...?

— Amélia.

— Prazer, sou Cristine. Ontem não deu, mas hoje depois do expediente, convidei o pessoal do meu andar para ir ao bar do Abreu. Vamos? A primeira rodada é por minha conta.

— Amanhã levanto cedo — respondeu Viviane.

— Não se preocupe, não ficaremos até tarde, inclusive eu tenho alguém me esperando em casa.

"Hum, alguém esperando em casa?", pensou Viviane

— Eu topo, mas só vou passar. Tenho curso presencial hoje — comentou João.

— Eu vou — Amélia encantou-se com o grupinho de Cristine.

— E Viviane?

— Ok, mas também não fico muito tempo.

— Espero vocês lá.

Caio reparou na cena, e quando o grupo se afastou não aguentou.

— Vai, desembucha, o que tá acontecendo?

— Só pensei em comemorar a vitória de ontem.

— Cristine, sei que estamos há pouco tempo no trabalho juntos. Mas você não paga nem uma bala para uma criança, primeira rodada por minha conta, acha que acredito? — Nataly comentou.

— Nataly tem razão.

— Gente, estou feliz, só isso.

Os dois amigos se olharam e não acreditaram na desculpa de Cristine. Mas resolveram esperar para ver até onde aquilo ia dar.

***

Viviane, quando acalmou a euforia com o convite de Cristine, começou a se questionar o porquê estava assim. Ela nem saía muito. Esteve poucas vezes no Bar do Abreu com os amigos. "Essa foi a tarde mais longa que tive em todos os anos de trabalho, mas o que será que ela quer? Viviane foi só um convite, porque estava com João, então relaxa." Afundou-se no trabalho e rendeu bastante, mas foi interrompida quando ouviu uma batida na porta.

— Oi. Esqueceu? — falou Amélia.

— Do que?

— Viviane! O Bar do Abreu? João me avisou que eles já foram pra lá.

— Sabe, ela só me convidou porque estava com João, pode ir de boa. Não vou não.

— Aff. Você me irrita, sabia. Vocês ficaram na hora do almoço de olhares para cá pra lá. E vem me dizer que foi por causa do João. Vai anda. Vai ao banheiro joga uma água no rosto, passa aquele batom e vamos.

— O quê?

— Viviane não me irrita, você sabe que sou da paz, com facilidade para fazer barraco.

Ela não teve escolha, a amiga não a deixaria ficar, então fez o que ela mandou e saíram para o Bar.

Ao entrarem no bar, João fez sinal para elas se aproximarem da mesa deles. Ele levantou para que Amélia e Viviane se sentassem. Era uma grande mesa oval, com sofá ao redor apenas com espaço para entrada. João segurou Amélia e fez Viviane entrar primeiro. Amélia sussurrou no ouvido dele:

— Você não presta.

— Depois do que vi no almoço, é só seguir a onda.

Viviane sentou de frente para Cristine, apenas duas pessoas de distância entre as duas.

— Será que vem mais alguém? — chamou o seu garçom preferido — Lúcio, a primeira rodada é por minha conta.

A conversa fluiu no grupo. Falaram sobre o trabalho, do fluxo da vida e até de alguns coordenadores. Quando estavam na terceira rodada, Amélia decidiu apimentar a conversa.

— Vamos jogar? Jogo da verdade.

— Amélia e suas formas de descobrir sobre a vida dos outros — comentou João

— Mas quem não gosta de saber sobre a vida dos outros? — falou Cristine olhando para Viviane.

— Sendo assim, eu começo — Amélia não esperou — Cristine, como não sei muito sobre você, eu te escolho. Já traiu o seu parceiro ou parceira?

— Bem. Parceiro foi um, por imposição, então não considero traição. Parceiras, várias, mas nunca compromisso com nenhuma. Então nunca traí. Minha vez. João, trabalhamos no mesmo setor e mal nos falamos. Já ficou com alguém do trabalho?

— Sim.

— Achei por um instante que fosse mentir.

— Aff. Amélia, como você é metida. Mas não vou dizer quem foi, certo? E agora Viviane.

— Achei que você nem tinha me notado.

— Impossível não notar você, Viviane — comentou Cristine.

— Humm. Então, teve algum lance com uma mulher?

— Não, e você sabe que não.

— Gostaria de ter? — Amélia não aguentou.

— O jogo não é uma pergunta só?

— Aff, você deveria ser Defensora e não assessora. — reclamou Amélia.

— A minha pergunta vai para Caio, não sou como esses dois, que adoram encurralar os outros, sou mais tranquila. Trabalha como Impositor pelo dinheiro ou vocação?

— Não, Viviane, nada disso, queremos perguntas mais interessantes — intrometeu-se Amélia, a bebida tinha tomado conta.

— Qual o problema dessa pergunta? — defendeu Cristine e levantou levemente a sobrancelha para Viviane.

— Virou Defensora, Cristine? — questionou Nataly.

— Gente, relaxa, eu respondo e depois a minha pergunta vai para senhora — apontando para Nataly — Na sinceridade, inicialmente foi

por dinheiro, venho da região agrícola do continente. Eu sempre quis algo a mais. Então, sim, foi por dinheiro. E, Nataly, você já ficou com mais de uma pessoa ao mesmo tempo?

— Não perdoa mesmo.

Viviane e Cristine se comunicaram por diversas vezes por olhares, sem trocarem uma palavra entre elas. Cristine recebeu uma mensagem, precisava ir embora.

— Adorei ter esse momento com vocês, e espero ter mais, mas preciso ir.

— Verdade, eu quero ver como vou assistir as duas últimas aulas do curso — João comentou no tom embriagado — Irei.

— Eu também — moveu-se para sair Viviane

— Vamos juntas até a estação — sugeriu Cristine.

— Eu vou a pé, moro pertinho, mas agradeço.

— Uma pena.

Saíram os três, Viviane virou para a direita, João e Cristine para direção da estação de ônibus. Viviane seguiu o seu caminho. Ela não precisava de transporte, o seu apartamento era próximo, fazia uso somente quando chovia. Andar a ajudava pensar: até ontem era uma pessoa desinteressada em mulheres. Mas neste momento sentiu uma dúvida daquele interesse em Cristine. Alguma explicação? Ou era neurótica? Foi só uma bebida depois do trabalho nada mais. Se era isso, por que seu corpo estava agindo daquele jeito louco? Ela tinha bebido, não sabia no que pensar.

Ao chegar foi direto para banho. Ligou a televisão. Passava uma reportagem clandestina de Bernaco, não havia liberdade de imprensa. As mulheres eram reprimidas e tratadas como objetos por seus maridos, sem liberdade para nada, as roupas e penteados determinados por seus maridos, pai, ou irmão. Eram tratadas como pessoas sem personalidade própria. Nos meios oficiais, contavam outras histórias. As mulheres eram tratadas como rainhas e princesas, cuidadas e embelezadas.

Viviane ouviu e doeu o estômago. Não conseguia entender como poderia existir sistemas tão atrasados. Imaginou que, se fosse ela naquele continente, teria que se desfazer muito de si mesma para conseguir sobreviver.

8.

Cristine arrumou-se com peças que combinavam, prendeu o cabelo com duas belas tranças na lateral, unidas atrás e colocou uma maquiagem leve, demarcando os seus olhos negros. Tomou o seu café e saiu, deixando a filha na escola no caminho.

Olhou no demarcador de tempo, e parou no painel de informações, como fazia alguns dias. Quando no reflexo, a viu entrar. "Cristine, não faça isso".

— Oi. — cumprimentou Viviane.

— Oi, Cristine. — não esperava vê-la, tentou conter a alegria

— Viviane, não conversamos muito naquela noite.

— É normal, tinha muita gente para dar atenção.

— Exatamente por isso, vim te convidar para um café.

— Me convidar? — surpreendida.

— Não é um pedido de casamento. — tentou quebrar a tensão.

— Só não esperava — dando sorriso.

— Pensei em um café, podemos trocar ideias. A Amélia disse que é uma excelente Defensora.

—Isso é coisa dela.

Cristina nada diz, mas teve a impressão de que o homem da limpeza estava tirando fotos delas.

— Tudo bem?

— Nada, tive uma sensação daquele homem está batendo foto da gente.

— Não, acho que é dele mesmo — ambas olharam e viram ele fazendo autofotos.

— Deve ser coisa da minha cabeça. — mudou de assunto — E aí, que hora posso passar na sua sala para um café. Podemos ir aqui ou naquela padaria perto da estação.

— Então, hoje eu não posso. Tem encontro com a família. E vou sair mais cedo.

— Então amanhã no meio da tarde vou buscá-la para um café.

Viviane não conseguiu inventar qualquer desculpa.

O meio da tarde do outro dia chegou, e Viviane escutou o pequeno toque na porta do gabinete.

— Boa tarde — Cristina entrou com suavidade.

— Boa.

Seguiram para a padaria próxima da estação. Foram caminhando. Cristina disparou falar do seu encantamento pela cidade cheia de tradicionalidade e tecnologia. Viviane a ouvia, e percebia que algo diferente estava acontecendo.

Ao chegarem no café, escolheram uma mesa mais escondida. Fizeram os pedidos, enquanto aguardavam, Viviane decidiu fazer perguntas.

— Você tem um jeito tradicional, acredito que não tenha nascido aqui na capital.

— Você não é a primeira a falar isso. Eu sou de Bernaco. E lá as mulheres esposas são treinadas para se comportar de determinada forma.

— Então você é esposa?

— Fui.

— Como veio parar aqui? — Viviane observou que a feição de Cristine alterou-se. — Caso não queira falar, sem problemas.

— Tá, por hora posso dizer isso: vim buscar uma vida melhor.

— Compreendi.

Viviane e Cristine interagiram concordando e discordando. Viviane se sentia à vontade, conseguiu falar mais que o normal, contou da família, em especial do seu irmão, que tinha atividade que ela admirava muito. Ele auxiliava refugiados da instabilidade do conjunto de ilhas que pertencia ao continente Bernaco. Ele construía casas, escolas e estrutura básica para pessoas fugitivas.

Aquela admiração pelo irmão e suas atividades fez Cristine se sentir acolhida por Viviane, desconhecendo o seu passado de Cristine. Este que ela não conseguia esquecer, as marcas em seu corpo e da sua filha não permitiam.

Viviane queria saber mais sobre aquela mulher que lhe causava algo desconhecido.

— E você como consegue cuidar da profissão, da filha e ter vida social?

— Simples, rede apoio.

— Você tem família aqui?

— Família direta é a minha pequena. Tenho pessoas que nos acolheram aqui. Assim como o seu irmão, estão dispostas a ajudar desconhecidos.

Cristine e Viviane trocaram confidências sem dizerem nenhuma palavra. Mudaram de assunto, Cristine conta das aventuras da sua filha. Ela a escuta e se contém para não tocar nas mãos dela.

As mulheres retornaram conversando paralelamente. Trocavam ideias, falando daquela capital que amavam. Perceberam que tinham gostos e prazeres comuns, apesar da origem tão distintas. No corredor, Cristine falou:

— Viviane, adorei nosso café, apesar de ter sido rápido ... - parou de falar ao avistar o senhor da limpeza, que parecia observá-las.

— Oi. Você não gosta do senhor da limpeza, né?

— É que tenho a sensação que ele me observa.

— Relaxa, você é muito bonita para não ser vista.

— Posso entender isso como eu quiser?

— Você não tem jeito.

— Ok. Aproveitando, vamos ao prédio das Antiguidades? Você disse que adora nossa história humana.

— Vamos!

— Mas tem uma questão, vamos com uma terceira pessoazinha.

— Sua filha?

— Sim, ela precisa interagir com pessoas diferentes.

— A sua menina não vai assustar? Por causa do que me contou.

— Ela passou por várias coisas, mas acho que ela vai gostar de você também.

Viviane aceitou o convite e decidiram se encontrar no domingo e aproveitar um evento infantil durante a hora do almoço.

Cristine, em sua sala, repassava os momentos do café. Ela mexia nos cabelos. O perfume dela mexeu com ela assim que a cumprimentou. Ela tinha que aceitar: sua regra estava indo pro ralo. Sentia algo por ela.

— Não adianta negar — Caio entrou sem bater — já estou sabendo do seu café fora do prédio.

— Quem foi o dedo-duro?

— Fui uma testemunha ocular: eu.

— Não trabalha, não?

— Fiz o café mais cedo.

— Você e os seus cafés mais cedo

— E você? Saiu mais de uma vez com a mesma pessoa, e a tal da regra?

— Aff, só fomos tomar um café. E não saí mais de uma vez.

— Não? E aquele dia no bar?

— Esse foi todo mundo.

— Hummm. Você vai continuar se enganando até quando?

— Vai trabalhar, vai.

Ela sabia que estava entrando numa estrada desconhecida, mas não conseguia nem voltar e nem parar.

***

Viviane preocupou-se com a combinação de roupa e acessórios. Ficou em dúvida se usaria o salto tradicional de três dedos ou mais alto. "Se eu colocar algo fora do comum, as pessoas vão notar e vão começar a comentar", isso era o que Viviane não queria, então optou pelo tradicional.

No habitual horário de almoço, Viviane comentou.

— Tenho uma novidade — comentou de forma descontraída — vou sair com a Impositora.

— Amélia, pode pagar 50 libes. — falou João esticando a mão para amiga. Ela pagou de mal gosto.

— Ow, como assim? Vocês andaram apostando nas minhas costas?

— Não poderia ser diferente, você era a aposta — Amélia respondeu fazendo a boca torta.

— Conta aí, vai! Como foi que a Impositora conseguiu essa proeza? Que ela falou contigo outro dia, nós tivemos ciência.

— Nossa. Andaram nos vigiando? Sou tão difícil assim?

— Um pouco cheia de dedos com tudo, super reservada, o que mais?! — João conhecia bem a amiga.

— Essa é sua opinião sobre mim? Então vou provar para vocês que estão enganados. E contar para os dois fofoqueiros que fomos tomar café juntas.

— Vamos apostar? — a amiga lançou a proposta no ar.

— Quinhentas libes? — João tinha certeza da vitória

— Putz, então não, é muito dinheiro.

— Não quer apostar porque sabe que perdeu, e, para ser justo, se perder tem que pagar para nós dois.

— Oh, não sou rica, ok? E o que exatamente estamos apostando?

— Se você vai dar o segundo passo — Amélia esclareceu.

— E de forma prática, pelo que falou para nós, você nunca ficou com uma mulher.

— Não, João, preconceito depois de velho?

— Negativo.

— Amiga, não muda o foco. Você vai dar o segundo passo com uma mulher? Isso é novidade pra nós.

— Ok. Sendo sincera, para mim também. Mas não resisto uma aposta, eu aceito.

Os três amigos mudaram de assunto, mas Viviane imaginava como seria o encontro. Decidiu não comentar que teriam uma terceira companhia.

9.

Viviane desceu. Quando chegou à portaria, ela a viu segurando a mão de uma linda menina e comentou.

— Adorei o seu estilo casual com os cabelos soltos. Essa garotinha linda, como se chama?

— Obrigada. Filha, estou com você. Consegue responder? — ela levantou os olhos lindos, olhando para mãe e respondeu.

— Eu sou Alice.

— Eu sou Viviane.

Alice achou engraçado a atitude daquela adulta que estava falando com ela. Será que ela também acreditava na sua mamãe, como ela?

— Então, minha menininha, temos uma surpresa para você. Vamos ao Prédio da Antiguidade e assistir uma apresentação na hora do almoço.

— Sério, mamãe? — abraçou Cristine. Viviane assistia a cena e queria registrar aquele momento numa imagem.

Seguiram as três para destino. Alice sentou na janela do ônibus. A altura dos trilhos permitia ver a cidade e as pessoas caminhando, os prédios grandes, jardins espalhados, um colorido que a deixa feliz e calma.

Cristine sentada no meio delas, segurava a mão da filha, enquanto conversavam com Viviane.

— Não tem como eu não gostar das Antiguidades, meu pai é um admirador nato. E quem você acha que ajuda ele?

— Ele trabalha com isso?

— Ele é aposentado da justiça, como eu te disse, mas não parou, dá aula de História numa comunidade em desenvolvimento.

— Que bacana. Eu também penso em fazer algo para ajudar, não sei o que ainda.

— Minha família é bem envolvida. Meu irmão já te contei, meu pai e minha mãe estão trabalhando pela comunidade.

— Uma das coisas que acho positivo começa com as leis daqui, não há homem ou mulher, e sim ser humano quando referimos a uma pessoa. Sei que estamos numa democracia imperfeita. Mas neste continente os passos são dados para melhorar, e isso se torna possível porque a lei é escrita.

— Ainda existem pessoas que pensam e agem de forma retrógrada.

Alice cutucou a mãe para mostrar o grande prédio da Antiguidade. Ele era inteiro de vidro espelhado em todas as direções da cidade, que abarcava a história humana e a chegada dela até ali. Explicava as eras antes do cataclisma e após.

Viviane notou que Cristine parecia refletir algo que não compreendia. Ela percebeu uma pequena cicatriz próxima a orelha. Pensou em perguntar do que seria, mas conteve se.

— Fica bem com o cabelo solto.

— É que os meus cachos são um pouco revoltosos.

— Não diga isso, olha o tamanho do seu cabelo e o volume que ele tem.

— Que exagero.

— Deveria usar eles mais vezes soltos.

— Não sei se no trabalho pegaria bem.

— Por que não? Estamos em Liberta.

Na entrada, mostraram o seu identificador para entrar, cada cidadão tinha um, recebiam ao nascer. Ele poderia ser usado solto, na gargantilha ou na pulseira. A cobrança era feita por meio desse identificador, e a pessoa pagava as entradas conforme sua condição financeira.

Quando passou o da Cristine, Viviane não se conteve e olhou para tela e viu pequeno "r" de cor azul. Tentou puxar na mente o que aquilo significava, mas não lembrou.

Deixaram a mais nova escolher por onde começariam. A pequena Alice decidiu entrar na história de brinquedos e brincadeira. Ela parou nos conjuntos, que eram separados por épocas. Ela interagiu com os brinquedos feitos de madeira para montar.

— Excelente escolha! — Viviane colocou a pequena bolsinha que carregava para trás, cruzou as pernas e sentou-se do lado da menina.

Ela olhou para mãe.

— Posso brincar com a Viviane?

— Desculpe, esquece de pedir, Cristine posso brincar com Alice? E Alice posso brincar com você?

— Se ela quiser, pode sim — a menina balançou a cabeça de forma afirmativa.

Iniciaram a brincadeira, tentaram fazer um castelo, como o pai de Viviane tinha lhe ensinado quando pequena. Cristine apenas ajudava achar as peças e as cores que as construtoras queriam. Na cena, não se sabia quem era a criança.

Elas seguiram o passeio visitando outras salas e assistiram a uma peça de teatro. Alice adorou porque contava a história de uma menina com poderes de salvar o mundo de pessoas más.

Cristine percebeu que a filha apresentou um pouco de cansaço. Decidiu então interromper o passeio, dava para sentir a felicidade da filha em conversar com Viviane.

— Meninas, sei que estão adorando o passeio, mas precisamos ir — as duas fizeram beicinho.

— Está bem, vamos fazer assim, eu vou com vocês até a casa de vocês, aí eu converso mais um pouco com a Alice, se você quiser.

A menina confirmou com a cabeça, pegou a mão da mãe a puxando e perguntou baixinho se podia pegar na mão de Viviane. Cristine disse para ela perguntar para Viviane se podia.

— Viviane, posso pegar na sua mão? — disse olhando para baixo. Cristine curvou-se na altura da filha, e falou para ela perguntar olhando para Viviane.

— Você pode fazer isso — então a menina respirou fundo e refez a pergunta.

Viviane respondeu "sim" para aquelas duas mulheres.

Cristine convidou Viviane para subir um pouco e desfrutarem de um lanche. No caminho, passaram por uma vizinha que comentou:

— Finalmente conheci a família de Alice.

Alice começou a ri.

— Oh não. Viviane é nossa amiga, não é, Alice?

— Desculpe, não quis ofender. É que perecem uma família.

— Não ofendeu.

Subiram no elevador e Alice ficou olhando pelo espelho para as duas. Ela estava cansada. Ela correu para sofá quando a mãe abriu a porta e deitou-se, e ligo o televisor no canal de animações.

— Ela está cansada.

— Eu não notei — respondeu Viviane.

— A gestação dela foi complicada e ainda tem sequelas. Vou pedir algo na cozinha. Enquanto esperamos passo um café a moda antiga.

— Pedir algo? O que tem aí? Podemos fazer juntas.

— Cozinha não é meu forte. Até tenho algumas coisas para emergência.

— E o que seria algumas coisas? Eu adoro cozinhar!

— Deixa eu ver — abriu a geladeira e o armário, falou sobre as opções para Viviane.

— Tem ovos? Então deixa comigo — Viviane pegou e começou a preparar uma massa. Pegou as frutas, fez um melado, e com a massa fez um recheio salgado e um doce. Cristine ajudou com o suco fresco e colocou o recheio.

Alice, de joelho no sofá virada para cozinha, segurando o seu lindo pingente, a única coisa que trouxe com ela, sorria junto com elas que cozinhavam e brincavam. Sua mãe estava feliz.

Sentaram à mesa e saborearam o lanche, Alice adorou. Quando voltou para sofá, acabou dormindo.

— Cristine, olha ali.

— Foi um dia cheio para ela. Vou deixar ela dormir um pouco, mas tarde acordo para dar o remédio.

— Ela toma remédio para que?

— Ela tem uma insuficiência cardíaca de nível leve.

— É genético?

— Não. Foi durante a gravidez, tentei protegê-la mas não foi o suficiente.

— Cristine — Viviane pegou na mão dela — Você fez o que era possível fazer naquela situação.

Cristine moveu a mão de Viviane até sua boca e a beijou. Ela se aqueceu por inteira quando sentiu o lábio dela na sua mão. Não reagiu como esperava.

— Eu vou colocar Alice no quarto.

Viviane não respondeu nada. Ainda estava na dúvida porque não tirou a mão. Aqueles poucos minutos pareciam uma eternidade, pensou em ir embora, fazer aquilo não era educado da sua parte.

— Demorei?

— Não.

— Onde paramos?

— Eu preciso ir — Viviane levantou e foi em direção a porta

— Viviane — Cristine parou na sua frente. Ela era pouco mais alta que Viviane, então ela curvou o pescoço — Você não sai da minha cabeça, desde da primeira vez que a vi naquela reunião.

— Cristine, eu não sei o que dizer.

— Olha para mim — Viviane levantou a cabeça e recebeu a boca de Cristine na sua.

Viviane se entregou no beijo. O gosto da boca dela ficou marcado na sua memória, assim como o toque dela em seu rosto, enquanto navegava na sua boca. Pensamentos desordenados tomaram conta dela. Então, suas bocas se separam.

— Eu preciso ir.

— Você sabe que não precisa?

— Tenho que assimilar tudo isso, me desculpe — Cristine a deixou sair.

Viviane na rua, olhou em volta, e tentou relembrar de tudo que tinha acontecido naquele dia. A interação com Alice até o beijo em Cristine. "Viviane, o que está fazendo?". Começou andar quando parou na portaria do seu prédio.

10.

No dia seguinte, tentou não transparecer o tinha acontecido no final de semana, chegou em horário diferente do normal, queria evitar Cristine. Avisou os amigos que iria almoçar mais tarde e que se fossem com ela que mudassem de lugar. Entrou e foi direto para fila da comida. Seus amigos a esperavam.

— Está tudo bem? — João falou ansioso.

— Sim, o meu chefe teve reunião com os Impositores do seu andar, atrasou a manhã.

— Não estou falando somente do seu atraso, esse eu sei. Estou falando disso, mudar de lugar?

— Não tem nada, só quero fazer algo diferente.

— Tá, João faz um favor, vai buscar nossa amiga.

— Amélia, não é você que vive me dizendo pra quebrar as regras.

— Sinto uma aspereza no ar, você não Amélia?

— Vai, conta longo?

— Ok, ok. Vocês querem saber mesmo? — fizeram silêncio esperando Viviane contar — Vocês dois me devem, eu ganhei a aposta.

— Tá, como? — Amélia perguntou, indignada.

— Nós saímos e ela me beijou.

— Só um beijo. Isso tá muito longe do segundo passo. Eu beijo o João na boca para ganhar uma aposta, se fosse preciso.

— Eu não sei de nada.

— Repito, vocês deveriam se casar.

— Não muda o foco, conta logo — os dois se olharam e riram — O que você sentiu?

— Eu gostei. E podem abrir as carteiras, porque tem algo mais importante para dizer. Vocês perderam. Cada um, me deve quinhentão.

— Espera, queremos as provas.

— Então...

Cristine chegou sem ser vista pelo grupo e cumprimentou a todos. Eles pararam de falar. Se cumprimentaram e Cristine questionou Viviane.

— Eu não vi você na reunião hoje cedo, Viviane.

— Eu fiquei na sala paralela. Quem fica com o Decisor é a Letícia.

— Não quero atrapalhar vocês. Eu só vim falar com Viviane rapidinho. Espero você depois do trabalho, preciso falar com você.

João agiu rápido.

— Sente aí com a gente.

— Não quero incomodar.

— Não incomoda. Imagina! — Amélia pensou: "Ela chamava a atenção, sua pele morena, corpo cinturado, olhos grandes e aquelas sobrancelhas que pareciam ter sido desenhadas".

— Outro dia — procurou o olhar de Viviane e não teve resposta. Cristine se despediu deles e foi em direção à mesa dos colegas. Sentou-se. Ficou na direção de Viviane. Elas almoçaram cada qual no seu grupo, mas juntas em pensamentos.

No final de horário de trabalha Cristine fui ao andar que Viviane ficava.

— Oi. Antes que diga qualquer coisa, fiz mal em falar com você mais cedo?

— Não. Eu estava contando para eles sobre o nosso passeio, quando você chegou.

— Gostou do passeio?

— Fazia tempo que não ria tanto.

— Já sei, vamos jantar hoje.

— Eu aceitarei.

— Mas?! — deu meio sorriso

— Jantar em família, uma vez por mês, quando meu irmão vem ver os meus pais. Acredito que comentei com você.

— Que bacana. Seus pais devem sentir grande orgulho dele.

— Meus pais são babões.

— Uma filha como você, como não ser?

Viviane em segundos buscou os momentos vividos pelas duas. Decidiu sair da caverna e perguntou.

— Gostaria de ir comigo? Se não quiser, vou entender.

Cristine não poderia ouvir algo melhor.

— Por que não? Vamos direto ou dá tempo de eu passar em casa?

— Vamos direto, se não tiver problema. Putz, como pude me esquecer da Alice?

— É dia de folga, no prédio as mães se revezam em grupos para ter um dia na semana de cada uma.

— Nossa, que bacana!

— É uma forma de todas se ajudarem, inclusive há grupos para pais e mães que trabalham ou estudam à noite.

— Acho que no meu prédio também tem isso, mas, como nunca precisei, não sei como funciona.

— Isto ajuda quando vamos locar ou comprar os apartamentos, colocam quem precisa no mesmo andar ou andares próximos, assim podemos circular facilmente.

— É a rede de apoio que comentou?

— Exato. E seu pais não vão ficar bravos de você levar uma estranha?

— Imagina, eles adoram receber pessoas na casa deles. E outra, meu pai adora contar sobre os seus estudos.

— Ah, entendi. Você está me levantando para facilitar a sua vida.

— Eu?!

— Essa cara de boazinha, não me engana.

— Não se preocupe, não fiz por mal. Sei que você vai adorar conversar com eles, só temos que ir direto porque senão vai ter que dormir fora de casa.

Pegaram o transporte público em direção aos bairros residências. Não falaram nada do beijo. Viviane evitou qualquer assunto que pudesse trazer de volta sua fuga de Cristine.

11.

Cristine aproveitou para conhecer a outra parte da cidade que não conhecia. Só passava por lá quando ia ao parque da cidade curtir a natureza bem de perto com Alice.

As casas tinham as dimensões iguais, mas com estilo próprio de cada morador. A casa dos pais Viviane tinha uma grande varanda em volta, na qual a sala central dava acesso a todos os demais cômodos. A varanda circundava toda a casa.

Cristine, quando viu o jardim na entrada, chegando à varanda, sentiu uma sensação de reprise no seu corpo, um momento para o qual queria voltar. Viu seus avós sentados conversando sobre como queriam que as netas tivessem a vida diferente do que sua filha tivera. Seu rosto parecia entregar essa saudade.

— Cristine, está bem?

— Estou. A casa me fez lembrar dos meus avós maternos, eles foram colocados numa casa deste estilo em Bernaco.

— Como assim?

— Como eu te contei no nosso café, pertenço aos privilegiados de Bernaco, se é que se pode dizer isso de uma mulher naquele continente. Os privilegiados não eram mortos de imediato quando se rebelavam contra o sistema. Eles eram levados para morarem em casas e lugares como estes e ficavam conhecido como "olhar negro". Os meus avós maternos foram um desses. A única coisa que eles conseguiram foi ficar com a gente dos sete anos até o casamento.

Viviane pensou em dizer algo, mas sua mãe surgiu na porta.

— Que bom que você veio! Trouxe uma amiga! Sou a mãe, Luísa. Entrem.

— Filha, é você? — perguntou uma voz masculina, forte e acolhedora.

— Sim.

— Mãe, essa é Cristine, trabalha comigo na justiça.

— Tudo bem? Cristine.

Aparece o pai, com as mãos cheia de papéis e fotos em papel.

— Estava ansioso para ver você. Preciso te mostrar a minha nova aquisição... — olhou para a moça ao lado — essa é a Amélia?

— Não, pai, esta é Cristine.

— Desculpe, eu sou o pai, Antônio, é que Viviane nunca trouxe alguém com ela e como fala muito de Amélia achei que fosse ela. Mas venham meninas, quero mostrar umas novidades.

O pai as levou para um dos cômodos, que dava na lateral da varanda, cheio de recortes e fotos de coisas de passados antes do cataclisma.

— Eu te falei que iria conseguir. — indicou as descobertas sem pausar — aqueles meus amigos que estudam lá em Bernaco.

— O que seria tudo isso, senhor Antônio?

— Eu sou um adorador das áreas humanas, em específico na parte histórica. Então depois de cumprir meus vinte e cinco anos de trabalho na justiça, e descobrir a minha segunda paixão, resolvi me dedicar ao estudo de história e trabalhar com pesquisa e ensino. O tema que mais gosto é do Período Caótico. Minha filha não te contou?

— Eu não dei tempo para ela falar, eu falo demais — respondeu, permitindo que ele contasse.

— Quero ver vocês dois conseguirem conversar — Viviane riu e chegou mais próxima da documentação.

— Cristine, pode perguntar o que quiser que eu respondo.

— Vamos fazer melhor, conte do início.

— A primeira frase que sempre digo aos meus alunos: evoluímos muito — virou-se e tirou um caderno de anotações — Anotei tudo. O que acontecia, como éramos e o que fazíamos. Exemplo, a relação com a natureza era destrutiva exatamente por isso chegamos a esse cataclisma de forma tão intensa. Nós éramos autodestrutivos, apesar de achar que essa característica ainda esteja presente na nossa sociedade.

— Principalmente nas relações humanas, temos muito o que melhorar.

— Concordo...

— Estão todos aqui, ninguém se candidata a me ajudar? — perguntou Luísa na porta.

— Eu ajudo — Cristine levou-se.

— Pode ficar, conheço a história toda que ele vai te contar.

Viviane olhou sorrindo para Cristine e foi em direção à sua mãe.

— Fique tranquila aqui todos fazemos de tudo Cristine, você terá sua chance.

As duas foram para cozinha, Luísa observou a filha cuidando dos legumes do jantar.

— Bonita a sua amiga.

— Ela é Impositora do crime.

Luísa relembrou da sua adolescência em Bernaco. A sua mãe lhe arrumava para os eventos de apresentação das meninas para os possíveis pretendentes. Elas aprendiam a vestir-se, cozinhar, a falar, a obedecer às ordens de forma adequada para subserviência masculina. Naquele salão grande todo cheio de luzes, enfeitados, desfilavam como animais para serem escolhidos. Ela sentiu uma quentura na bochecha.

— Tudo bem, mãe?

— O jeito dela lembra muito a minha vida em Bernaco. A vida lá para as mulheres é muito complicada, somos apenas objetos a bel prazer do homem.

— Ela é de lá, mamãe — Viviane queria contar as particularidades que Cristine lhe contou. — Pedro está demorando?

— Ele disse que iria atrasar. Tem uma entrevista com um novo investidor aqui na Capital para construir casas melhores para os refugiados.

— Que bom, este mês foi tão corrido que nem mandei mensagem para ele. Ele poderia ficar aqui à procura de investidores na capital, e não do outro lado do continente.

— Ele gosta de lá, filha, diz que realmente é um lugar que está crescendo muito.

As duas arrumaram coisas para o jantar e colocaram a mesa. Viviane, que adorava cozinhar, dava o seu toque final na sobremesa que a mãe preparava, quando Pedro chegou.

— Como ninguém apareceu, entrei.

— Acho que deve estar com problema o anunciador. Já falei para o seu pai arrumar por diversas vezes, mas nunca tem tempo.

— E aí, garoto, como você está?

Os irmãos se abraçaram, perguntou no ouvido dela.

— Por que está na cozinha e não com o papai, está tudo bem?

— Tem outra pessoa com papai.

O pai apareceu na porta.

— Meu garotão! — abraçou, pegou em seu ombro e os seus olhos ficaram umedecidos.

— Papai, será que terá um dia que vai me ver e não ficar assim. Eu estou bem.

— Eu sei. E que cada vez que o vejo lembro do dia que nós o encontramos.

— Não começa... — avistou na direção da porta uma moça.

— E esta é quem?

— Oh, essa Cristine, amiga da sua irmã. Este é o meu menino.

— Prazer, Pedro, ele contou tudo sobre mim, imagino.

— Ainda não, estava me contando sobre o período de formação da nossa sociedade.

— Minha irmã não gosta de você. Colocou você para ouvir as longas histórias e teorias do papai.

— Imagina, aprendi muito.

— Que nada, ela me ajudou com muitas informações de Bernaco.

O rosto de Pedro perdeu o sorriso.

— Você é de lá?

— Sim — ela sentiu o olhar dele de julgamento.

— Eles ainda torturam as pessoas que pensam diferente.

— Infelizmente, a vida para as mulheres não é fácil. Este foi um dos motivos pelos quais resolvi viver com minha pequena em Liberta

— É mais fácil fugir do que fazer algo para mudar.

Viviane interveio na conversa.

— Cada um faz o que consegue, Pedro. Quem sabe um dia possamos entender tudo isso.

Luísa respondeu, com sua sutileza:

— A crueldade existiu e sempre existirá dos dois lados. Cada um faz o que pode dentro do que pode.

Pedro respirou, refletiu.

— Certo — bufou — Pelo cheiro, temos aquela sobremesa maravilhosa, com o detalhe final da minha amada irmã.

Viviane aproximou-se de Cristine num tom baixo disse.

— Meu irmão nasceu em Bernaco. E fugiu de lá com a mãe de criação, ela foi morta durante a travessia. Ele viu a família ser dizimada por discordar da política. E daí vem tanto rancor.

Cristine passou a mão no rosto de Viviane e a beijou na testa. E seguiram juntas para a mesa. Luísa mirou as duas, e percebeu que a filha estava diferente. Ela recordou-se da primeira vez que viu o pai de Viviane, num jantar de boas-vindas aos visitantes da Liberta em Bernaco.

***

Elas saíram bem tarde da casa dos pais de Viviane. Decidiram caminhar um pouco. A lua estava linda, iluminava toda a região onde as luzes artificiais eram feitas para permitir a visibilidade do céu estrelado. Cristine acariciava com o polegar a mão de Viviane. Sentia sua pele suave e quente. Quando estavam passando por um jardim público, a conduziu para passarem bem no meio dele. O cheio das flores era inebriante. Cristine se aproximou de Viviane a beijou. Sentiu o seu cheiro, os seus lábios, o seu gosto e sabor. Tocou em sua cintura, colocando suas mãos por debaixo da blusa e tocando a pele das costas. O corpo de Viviane reagiu ao toque. Sentiu a rigidez das partes mais sensíveis. Sua mente embriagou-se com os toques quando escutaram um barulho.

— Escutou isso?

— Sim — Cristine viu um vulto no meio dos arbustos.

— Pareciam passos?

— Deve ser algum animal. Vamos.

Seguiram para pegar o transporte, quando estava quase sentando-se, Viviane olhou novamente para parte mais densa do parque somente iluminada pela lua e viu algo escuro entre as árvores. Não parecia um animal e sim um homem, que causou um sentimento pesado.

— Viviane, não sei como dizer isso. Podemos ir direto com este ônibus para minha casa, não precisamos fazer duas paradas, já é tarde. E amanhã cedo acompanho você.

— Fique tranquila, sei chegar em casa sozinha e você nem precisa descer, pode seguir no ônibus. E não quero acordar a criança.

— Então, como eu te disse, noite de folga, ela dorme com a vizinha. Sei que estamos numa cidade na qual a criminalidade é mínima, mas não gostaria de arriscar, é tarde.

Viviane estava tão confusa com tudo aquilo. Havia algo nela que a fazia tomar atitudes que não tomaria normalmente, uma coragem que nunca achou que tinha. A vontade de arriscar com ela. Não sabia se estava pronta para ir além. Riu internamente dos seus próprios pensamentos, como não. Sabia que Cristine era uma mulher experiente, e ela nem sabia por onde começar e nem como começar.

Desceram e seguiram para o apartamento de Cristine. O porteiro as cumprimentou. Subiram.

— Você é toda organizada.

— Não. Dei uma arrumadinha antes de sair cedo.

— Então, me convidar foi premeditado?

— Sim e não. Queria ficar mais à vontade com você.

— É, me falaram da sua fama, interessante.

— Eu sei. Exatamente por isso quero fazer diferente com você. E seguir no seu ritmo.

— No meu ritmo? — buscou coragem — Me beija — pediu Viviane, numa voz suave.

Cristine aproximou-se dela, acariciou seu rosto e os seus cabelos, e uniu sua boca à dela. Aquelas sensações há pouco no parque foram reativadas, desaparecendo todos os porquês.

O corpo de Viviane tornou a enrijecer-se. As partes internas ficaram úmidas e aquecidas. A nuca esquentou, o coração acelerou. A vontade de ser tocada por Cristine tornou-se incontrolável, queria senti-la, queria estar com ela. Queria ser dela. As mãos de Cristine começaram a percorrer o seu corpo, tocou o seu seio, sentiu os seus mamilos, forte e firmes, desceu beijando o seu pescoço, sentindo o seu cheiro, abriu a blusa, e depois a peça íntima. Quando olhou aqueles lindos seios que

cabiam na mão, sugou-os intensamente. Viviane jogou a cabeça para trás e entregou-se àquela mulher. Os seus desejos passaram a dominar.

Cristina a conduziu até a cama, a deitou de frente e sem blusa e peça íntima. Viviane também queria vê-la e começou a tirar a blusa dela por cima, quando viu aquele corpo moreno, com aqueles cabelos caindo nos seios, tentou tirar a peça íntima. Queria tocar nela, e assim o fez. Cristine sentia o fogo queimar no meio de suas coxas. Então segurou as mãos de Viviane, afastou um pouco e a beijou, fazendo-a se deitar. Segurou seus braços para trás e desceu com língua no pescoço, no meio dos seios de Viviane e meio da barriga. Chupou a barriga e começou abrir a calça dela, roçando os seus dedos internamente. Quando abriu, Viviane tentou fazer algo, mas Cristine apenas posicionou os braços dela para cima.

— Tenho que falar uma coisa — ofegante.

— Diga...

— Eu nunca fiquei com uma mulher...

— Apenas permita-se...

— Não sei o que fazer.

— Só siga os seus instintos de prazer, e saberá o que fazer, exatamente.

Cristine terminou de tirar a calça e a peça íntima de Viviane, acariciou suas coxas com a boca e sentiu na sua face a aproximação do ponto convergente do desejo. Usou sua boca para tocar e sentir o gosto de Viviane. Ela delirou enquanto via o prazer que causava, o seu corpo se contorcia, apertando o lençol, os sons que fazia com cada movimento de Cristine, até que atingiu o seu maior frenesi e a explosão interna.

Ela escalou o corpo de Viviane, abraçando-a, e do seu rosto escorreu uma pequena lágrima.

— Tudo bem? Está chorando, fiz algo errado?

— Não, apenas, amei te dar prazer.

— E deu, me abraça mais forte, e tira tudo. Deixa eu sentir o seu corpo no meu...

Cristine a abraçou por trás, sentiu a sua respiração e derramou mais algumas lágrimas. Estava quebrando a regra.

12.

Ainda podia sentir o cheiro de Viviane no ar. Abriu os olhos e percebeu que fez amor com uma mulher sem álcool no sangue e na sua cama. Ela a procurou pela casa e não encontrou nem as roupas dela. Chamou pelo seu nome e, sem resposta, levantou-se.

— Tentei fazer um café.

— Aqui não temos o hábito, peço tudo na cozinha do condomínio.

— Não gosta?

— Até gosto, mas não tenho boas lembranças. Estou tentando ressignificar.

Viviane cogitou perguntar o porquê. Mas a face de Cristine mostrou a dor da lembrança. Elas tomaram o café da manhã. Viviane sentiu o seu mundo mais leve e seu coração mais calmo. A despedida foi calorosa entre as duas, e Viviane seguiu para o seu apartamento.

Cristine foi até o quarto da filha, na mesinha estava o bloco dos desenhos. Alice desenhava, sugestão da terapeuta, como ela ainda não sabia escrever. Então ela viu um desenho representando o passeio que fizeram juntas. Sentiu tremor nos olhos com a figura que representava ela, Viviane e filha, as três de mãos dadas, felizes. Virou a folha para ver os outros desenhos e viu uma imagem que parecia um homem pintado de preto. Ela sabia que a filha desenhava aquilo quando tinha sonhos ruins com o pai, mas tinha algo diferente, homem escuro estava no Prédio das Antiguidades, o fundo igual do desenho das três juntas.

Sentiu o telecomunicador vibrar, viu na tela uma foto das três almoçando no domingo durante o passeio, não reconheceu o número. Abaixo havia a seguinte mensagem:

Oi, querida dos grandes cachos. Achou mesmo que eu não a encontraria? Sou um homem paciente. Então achei interessante facilitar as coisas para você em Liberta, mas não achei que fosse se dar tão bem, tornando-se Impositora. Não posso negar que foi inteligente, assim não posso pedir a sua volta de forma direta com minha filha. Mas posso acusá-la de sequestro de criança. Eu sou o pai da

> Alice. Segundo as informações que tenho, sua vida é cheia de devaneios, deixando a minha filha em casa de estranhos. Então acredito que se eu apresentar um pedido do seu retorno à sua pátria com o seu nome completo e denunciá-la por sequestro, para ser julgada em Bernaco, será a mim concedido. E, outra, você presa, como vai cuidar da nossa filha? Até breve. Seu amor e marido, Paulo.

Caiu sentada num choro convulsivo. Ligou para Jorge, Defensor da imigração, que trabalhava em Liberta na extraterritorialidade, e pediu ajuda. Ele esclareceu:

— Cristine, se os documentos foram forjados para entrar no continente, e o fundamento do pedido de asilo não foi pela violência do marido, fica complicado.

— Jorge, eu não poderia informar o meu nome verdadeiro, meu marido é influente.

— Amiga, você alegou que sua filha era fruto de estupro, e que não sabia quem era o pai.

— Achei que nunca mais fosse ver ele. Fui dada como morta no meu continente.

Não disse nada mais ao amigo e desligou o telecomunicador. Lembrou de pesadelo da vida que tinha, arriscou fazer aquela cirurgia facial para mudar os pontos marcantes após a fuga de Bernaco.

Aquela foto, ele mesmo tirou ou algum dos seus paus mandados. Seu corpo ainda tremia. O mundo à sua volta tornou-se perigoso e sombrio. Suas vidas estavam em risco. "Fugirei para o outro extremo do continente. Talvez ir para aquele lugar dos refugiados com outro nome ou identidade. E Alice? O que seria dela? Mais uma mudança drástica!"

Ele nunca quis saber dela quando estavam em Bernaco. As filhas mulheres não tinham convívio direto com os pais antes dos sete anos, só uma visita por ano e em cada uma, ele a surrava na frente da menina. Ela dizia que o papai era uma sombra escura. Depois da surra que perdeu a outra filha e o seu útero, decidiu que seria a última, e levaria a Alice com ela.

Cristine, na sua sala, sentiu o telecomunicador vibrar, gelou, mas era Viviane:

> Chegou bem?
> Sim, e você? Almoçamos nos mesmo horário hoje?
> Você foi mais rápida, iria fazer o mesmo convite.
> Então até mais tarde.

Ela não conseguiu se concentrar, não sabia o que faria. "Será que ele teria a coragem de fazer o que prometeu?" O estômago doía. E tinha que pensar também em Viviane, se ele sabia, colocava ela em risco.

Em quem confiar? Pensou em procurar a polícia, ou autoridades da justiça, mas sabia da influência dele e da família. Seu avô avisou na última mensagem: "Minha luz, desconfie de todos, Liberta é uma democracia, mas ainda é um continente com suas imperfeições."

Viviane avistou os seus amigos, e disse que Cristine logo chegaria.

— Opa, segundo passo dado? — João comentou.

— Acho que perderam.

— Queremos prova! — indagou Amélia

— Não filmei, né?.

— Como não? Eu adoraria ver.

— O machismo está no seu DNA.

— João e o seus comentários infelizes.

Cristine se aproxima com seus colegas Caio e Nataly.

— Mudando de assunto... — avisou Viviane.

— Vocês se importam de sentamos nós seis? — questionou Cristine.

Amélia adorou a ideia, tinha achado o Caio um gato, e teve a sensação reciprocidade.

Cristine fez um esforço maior para não perder o foco no momento, mas sua mente vagava na mensagem ameaçadora. Viviane percebeu que algo estava diferente.

— Está tudo bem? — perguntou bem baixinho.

— Estou preocupada com um processo que terei uma reunião à tarde.

Não poderia contar a ela a verdade. Sentia-se mal por mentir para ela. Fazia a escolha que conseguia naquele momento.

À noite, em casa, quando viu a filha, abraçou e não quis soltar mais.

— Mamãe, você me abraçou sem pedir.

— Filha, desculpe, eu estava com tanta saudade.

— Mamãe, comprou brinco novo?

— Não entendi.

— Fui pegar a minha canetinha que estava no seu quarto e vi esses brincos lindos?

— É que Viviane esteve aqui e esqueceu.

— Ah, ela veio aqui, eu não estava.

— Vamos convidar ela para vir qualquer dia desses.

— Oba!

— Então, agora vamos jantar, vou ajudar nas atividades para dormirmos.

— Tenho pouco atividade

Cristine imaginava a filha de volta naquele lugar, sendo "aprimorada" a ser uma mulher "perfeita". Para falar, pedia permissão ao marido ou pais ou homem mais próximo. Seria criada para ser a boazinha, a cuidadora, sempre simpática, não precisa ter opinião, desejos ou vontades. A beleza era garantida para agradar ao marido, mesmo que isso custasse cirurgias plásticas ou corretivas depois de ser advertida.

13.

Viviane, em sua cama, ocupava-se em devaneios com as imagens da noite com Cristine. Cogitou mandar uma mensagem, mas achou melhor não. Ela deveria estar cuidando de Alice. Lembrou que durante o dia Cristine estava um pouco distante, "Será que conseguiu o que queria e seria só isso?". Sabia da fama dela, não era uma garotinha ingênua. Queria muito que fosse diferente.

O telecomunicador vibrou:

Dormindo?
Ainda não?
Arrisquei, sei que gosta de acordar cedo para correr.
Sim acordo, mas estava pensando um pouco.
Em mim?
Convencida!
Não, autoconfiante!
Engraçadinha!
Quantos elogios. Passei pra dizer boa noite, afazeres de mãe em andamento.
Vou dormir mais tranquila.
Fico feliz. Um beijo no seu coração.
Outro no seu.

Viviane achou melhor não comentar que sentiu ela um pouco diferente. Ela deve ter dito a verdade sobre a reunião, por mensagem parecia tudo normal.

Cristine tentou dormir, mas não conseguiu. Sabia que estava com problemas. Nos dias seguintes, seguiu a rotina. Quando sozinha, pensava e pesquisava alternativas. Num desses dias acordou muito antes do normal, nem sol havia apontado no céu. Decidiu caminhar no terraço. Após duas voltas naquele jardim modulado. Viu na tela do telecomunicador.

Oi, querida, sentiu minha falta? Acredito que não. Nem se deu ao trabalho de responder a última mensagem. Mas como sou um homem gentil e educado envio esta mensagem para a minha amada esposa informando que logo nós três estaremos juntos. Sei o quanto sente a minha falta, como você me dizia: 'Você é o homem da minha vida'.

Sua visão sumiu, suas mãos tremiam e ela não conseguiu terminar de ler o que estava escrito. Voltou para apartamento e pegou um copo de água, tomou em apenas um gole. E voltou a ler.

> A cópia é a documentação que trará a minha filha de volta. Enviarei na próxima semana. Acredito que dentro de dois ou três meses você estará comigo aqui de volta. Tenho tanta coisa para lhe mostrar. O primeiro lugar que vou levá-la é o nosso canteiro de rosas e depois no quarto da advertência. Sei o quanto ele significa para você.
> Até breve!

Deitou-se no sofá e chorou, perdendo a noção do tempo. Não tinha o tempo que achava que teria. Precisava pensar numa solução imediata.

— Mamãe, está tudo bem?

— Sim — não queria preocupar a filha — vou tomar aquele remedinho e vai passar.

Alice abraçou a mãe com suavidade e disse que tudo ficaria bem. Dentro daqueles bracinhos, sentiu a coragem que precisava.

***

Viviane diferente de Cristine acordava cedo, mais disposta. Seguindo a rotina colocou o aparelho auricular, solicitou a música desejada e seguiu para o parque. Fez o trajeto habitual, quando foi abordada por um homem gentil. Puxou conversa e perguntou se ela não achava perigoso uma moça bonita como ela correr sozinha. Num primeiro momento ela sorriu, e permitiu que ele corresse junto, mas a frase dele seguinte a fez congelar.

— Mulheres de Liberta não sabem o que é ser uma mulher de verdade. Em Bernaco, você estaria no seu lugar de mulher.

— Espera, o que disse?

— As mulheres são impetuosas, descontroladas, precisam de direção. Não conseguem tomar as melhores decisões sozinhas. Não entre no jogo dela.

— Quem é você?

— Eu vou tornar o seu romance patético em um pesadelo.

— Está nos ameaçando?

— A informação foi dada — saiu correndo.

Viviane não entendeu o que estava acontecendo. Pensou em correr atrás dele e pedir satisfação daqueles comentários, mas o seu telecomunicador vibrou. Havia fotos dela com a Cristine, e com a pequena Alice. Fotos no Prédio da Justiça, no Prédios das Antiguidades, saindo da casa dos seus pais. E ainda fotos de uma mulher muito parecida com Cristine antigas. E no fim a seguinte mensagem:

"Sua namoradinha não é quem diz que é. Ela é uma criminosa"

Tentou pegar o código do telecomunicador, mas estava codificado. Viviane pensou de formar ordenada: "Fui abordado por um estranho. Em seguida, recebi fotos de várias situações com Cristine e uma mensagem que não faz sentido. Sei para quem pedir ajuda."

O segurança do parque notou a sua inquietude perguntou se estava tudo bem, se aquele homem a incomodou. Viviane agradeceu a preocupação e retornou ao apartamento.

14.

    Viviane foi mais cedo para o trabalho e seguiu direto para o andar do gabinete de João. Se convenceu que não falaria nada com Cristine até ter as informações necessárias.

— Vixi, assim você me assusta, esta hora da manhã, você aqui na minha sala.

— Preciso de um favor. Precisa te ver pessoalmente.

— Matou alguém?

— Aff, para de zoeira, é sério.

— Mas matar alguém é sério.

— Escuta. Você poderia falar com aquele seu ficante da tecnologia, para descobrir a origem de uma mensagem?

— Não acredito, a pegadora está dando trabalho?

— Eu adoro você, mas foca.

— Acredito que se ele souber, ele ajuda.

— Precisa ficar com o meu telecomunicar?

— Não sei. Vamos fazer assim, antes do almoço iremos à torre. Eu vou falar com ele.

Agradeceu o amigo e saiu, e passou pela sala de Cristine. Pensou em passar reto, mas não conseguiu. Bateu na porta dela.

— Que surpresa boa — Cristine parecia abatida.

— Bom dia. Está com expressão de cansaço.

— Perdi o sono.

— Aconteceu algo com Alice?

— Não. Ela está bem. Veio me ver?

— Convencida! Mas não. Vim falar com João.

— E aproveitou para me ver?

— Tenho que ir. Só mesmo para dar um oi.

— Não mereço um beijo? — queria aproveitar cada momento com Viviane, dependendo da sua escolha, não a haveria nunca mais. Faria isso pela sua filha. Se beijaram, e Viviane seguiu para o seu gabinete.

***

Antes do almoço Viviane e João subiram para a torre, o amigo dele os aguardava. João pensou em questionar a amiga. Deduziu que aquele não era o momento. Entraram na sala de tecnologia, havia vários monitores e imagens com dimensões tridimensionais. Pensou em Alice, quanto coisa para mexer! Quando se aproximou do amigo de João, identificou-se.

— Oi, sou Viviane.

— Sei quem você é. João fala muito de você. Eu sou Luís.

— Ele explicou do que preciso? Desculpe ser tão direta. — João captou que era algo sério. Viviane era um poço de educação.

— Sim. Está com o seu aparelho aí?

Entregou o aparelho para Luís. Ele pediu para liberar e mostrar a mensagem. Ele fez alguns procedimentos no aparelho e abriu o que parecia um telecomunicador muito superior ao dela.

— Esse é diferente.

— Esse faz tudo no quesito tecnologia. Vejamos. Estou rastreando a origem. — digitou, leu e por fim informou — A origem do aparelho é daqui, mas o cadastro é de Bernaco.

— Tem como saber o nome?

— Então, aí seria uma invasão de dados, neste caso, eu prefiro não fazer.

— Ok.

— Estamos na rede do prédio da Justiça. Durante o almoço terei de ir em casa para pegar umas coisas que esqueci. — Luís balançou a cabeça de forma sútil.

Viviane e João se olharam. Ele não entendeu o que estava acontecendo, mas pelo olhar da amiga, sabia que era algo de errado. Seguiram para almoço juntos. João respeitou Viviane e não perguntou mais nada. Aquela situação era incomum. Eles se conheciam há alguns anos e ela era uma pessoa muito reservada, preferiu se silenciar e aguardar.

— Fui até sua sala, você não estava. Vocês se encontram no elevador?

— Foi. — respondeu Viviane.

— Hum, não sei. Você não sabe mentir tão bem para mim. Pode enganar seu chefe e outras pessoas, mas a mim. Sabe que não?

— Podemos falar disso depois? — fez sinal para Amélia que Cristine e seus amigos estavam vindo.

Sentaram os seis juntos, Amélia conversava empolgada com Caio. Estava disposta a investir nele.

Cristine percebeu e deu uma risada, sabia que o amigo não perderia a oportunidade. Não iria se meter, eles eram adultos. Notou que Viviane estava estranha.

Viviane sentiu o telecomunicador vibrar. Recebeu a seguinte mensagem:

> O cadastro é de Paulo Artemes Belina. E as fotos não são montagem. A mulher na foto mais antiga é Cristine Artemes Belina. Não pediu, mas fiz o trabalho completo: a mulher da foto antiga é a mesma das fotos atuais. Espero que tenha ajudado.

— Está tudo bem? — falou Cristine segurando o braço gelado dela.

— Sim — Viviane não aguentou, parou de ler — Precisamos conversar, podemos tomar café juntas hoje?

— Claro, não tenho reunião.

Cristine tentou imaginar o que teria acontecido. Sua mente estava um caos, seu maior pesadelo poderia acontecer. Imaginar sua filha criada naquele continente lhe causava dor física. A última surra fazia parte da sua memória e dos seus pesadelos. Ela se comprometeu a manter sua Alice longe disso. Mirou na janela e viu ao longe os ventos raivosos.

15.

Elas seguiram em silêncio para o café perto da estação. Viviane estava absorvida dentro de si. Questionando se não era exagero. Cristine disse que teve um parceiro, mas não disse quem era, e nem que era casada.

Cristine cogitou em pegar a mão de Viviane. Não sabia o que esperar da conversa. E não parecia nada bom. A expressão corporal de Viviane estava turva, não era mais nítida.

Acomodaram-se numa mesa bem ao fundo, e distante. Viviane havia reservado.

— Viviane, tudo bem? Estou sentindo algo no ar.

— Eu não costumo invadir as vidas das pessoas. Acredito que sempre há algo de bom nelas.

— Do que está falando?

— Tem certeza de que não sabe?

— Tenho.

— Há algo que eu precise saber?

— Não.

Cristine sentiu o calafrio. A porta café foi aberta por alguém, o vento lá fora ainda era forte.

— Vou te mostrar — Viviane mostrou as fotos e a mensagem.

— Viviane, eu posso explicar.

— Eu sei que pode. Você é casada. Eu sabia que não era santa. Posso parecer ingênua e até distraída às vezes, mas não se engane. Sabe, Cristine, eu não tive intenção descobrir algo. Mas algo foi mais forte do que eu. Você está me usando?

— Não é isso.

— Você me contou que veio refugiada de Bernaco e que sua filha foi resultado de um estupro. Decidi não perguntar, porque imagino o quanto isso deve doer. Não pense você que só porque sou filha de pais maravilhosos e abastados que não percebo o mundo.

— Vi, eu tenho uma explicação.

— Sim, você tem. Por que não me disse que era casada?

— Eu não poderia contar, pelo simples fato que uso identidade falsa. Registrei Alice como se tivesse nascido em Liberta. Eu a trouxe de Bernaco, quando fugi de lá por causa da violência do meu marido.

— O quê?! Você a sequestrou? Meu amigo João me avisou. Eu tive várias dúvidas, quando se aproximou de mim.

— Por favor, me deixe explicar.

— Eu falei para você que a minha origem é de lá.

— Sim, mas seu nome verdadeiro é Cristine Artemes Belina. Casada com Paulo Artemes Belina, um aristocrata poderoso de Bernaco, ou seja, um nobre.

— Escute, Viviane. Ele é um nobre com muita influência na monarquia absolutista de Bernaco. Meu avô quando se comunicou comigo escondido me aconselhou a mudar o nome ou pelo menos de prenome. Eu não poderia chegar aqui simplesmente e dizer quem eu era. Eu fui declarada morta.

— Vejamos: falsa identidade, declaração de morte falsificada, sequestro de criança, o que mais temos?

— Você não entende? Meu mundo não é como o seu, perfeito, com pais perfeitos. Eu nem sequer me lembro do rosto da minha mãe, sabe do que me lembro do meu pai? A primeira surra que levei de um homem.

— O que eu não entendo é porque não me contou a verdade. Eu recebi essas informações de telecomunicador, foi abordada por um homem esquisito no parque.

— Ele fez algo com você?

— Apenas me disse uma coisa que no momento pareceria sem nexo. E outra coisa, porque você trouxe só Alice, sendo que teve sete filhos?

— Simples, tive quatro gestações, todas meninas, duas eu perdi para a Casa da Benfeitoras que as deixaram morrer. Uma perdi no ventre. Então decidi na surra que a perdi, que fugiria e levaria a minha única filha viva. Ela não passaria por tudo aquilo que passei.

— Não é isso que está escrito. Diz que as crianças estão bem.

— As crianças dos dados oficiais são das mulheres paralelas ou como são chamadas serviçais. Eles só registram os meninos. O menino é grande alegria ao nascer, mas quando nasce uma menina elas têm que ser testadas nas Casas das Benfeitoras, se sobreviverem ao ciclo aos sete anos, são registradas.

— E como você perdeu?

— Porque quando ele soube que seria mais uma menina, chutou a minha barriga, até arrancá-la de mim.

— Você não tem cicatrizes?

— Somos esculpidas para servir de objeto do prazer, então qualquer marca ou cicatriz são removidas. Por isso o meu corpo passou por cirurgia corretiva. Depois do fato com a filhinha que perdi. Durante a minha recuperação, conheci uma mulher que estava no hospital e ajudava mulheres como eu a fugir. Não sei o seu nome, nem o seu rosto, falava com ela por meio de um vidro opaco. No começo até achei que era algo do meu marido para me culpar e dar motivo para me matar. Mas a cada dia ela me fazia confiar mais nela. Assim, nos dois meses que fiquei internada, aprendi tudo o que precisava saber para escapar. Quando nos falamos pela última vez, ela disse que eu receberia uma rosa, e que a partir daquele momento tudo seria rápido e foi. Aceitei tudo que ela disse com uma condição: minha filha iria comigo. Ela não tinha nome, era apenas um número identificado PAB1110, na época

— Ela não estava com você?

— Estava na Casa das Benfeitoras, vinha duas vezes ao ano para casa. E foi nesta vinda que recebi a rosa.

Viviane não sabia mais em que acreditar. Então, Cristine se levantou, virou de costa para Viviane e erguei a blusa.

— Quando fizemos amor, eu evitei que me tocasse nas costas. Observe bem no meio das minhas costas e na parte de baixo do quadril sentirá cicatrizes.

— Mas você me disse que as cicatrizes eram corrigidas, porque tem essas?

— Porque eu não segui o combinado. No dia e hora certa de sair do pequeno castelo, não segui as orientações, e acabei tentando levar outras mulheres comigo, mas fomos descobertas. Eu fui castigada; as

demais, mortas. Durante o meu castigo, num ato de fúria consegui me soltar e feri o meu marido. O que significa que ele foi humilhado por mim. Então me chicoteou na frente de todos e da pequena Alice. Novamente, fui para o hospital e desta vez eu acordei em algum lugar que até hoje não sei onde é. Lá fiquei num esconderijo onde mal tinha o que comer, beber, e nem banho. Alice foi entregue para mim quando foi transferida e chegamos ao sul de Liberta. Havia outras mulheres comigo, mas estas estavam piores, nem conseguiam falar.

— Não sei o que dizer.

— Eu tinha as provas comigo, mas perdi no dia da última surra. Eram elas que iria usar para pedir asilo e o sigilo. Havia muitas das minhas torturas e de outras mulheres e a nossa recuperação no hospital sigiloso do país. Mas quando cheguei aqui, alguém me entregou os documentos alterados e disse que Cristine Artemes Belina foi declarada morta. Então, sem as provas, não acreditariam em mim. Assumi a nova identidade e disse que tinha sofrido um estrupo de um desconhecido de Liberta, durante a fuga de travessia do continente de Bernaco.

— E como conseguiu esses documentos?

— Eu acho que foram os meus avós, tinha um pequeno adesivo vermelho no canto. Tive um novo registro e minha filha foi colocada como filha de um cidadão de Liberta.

— A fala daquele homem esquisito fez sentido.

— Viviane, eu não quero colocar sua vida em risco. Só quero que saiba que preciso proteger minha filha e não vou permitir que ela volte para aquele lugar. Recebi mensagens ameaçadoras, preciso fazer uma escolha. Ele disse que vai me denunciar.

— Eu imagino que essas mensagens tenham vindo do seu ex-marido. Cristine, preciso ser sincera. Eu recebi muita informação. Estou confusa. Preciso de um tempo para pensar. — Viviane levantou-se, Cristine olhou para ela. — Agora, não, eu achei que daria conta, mas não dou.

— Por favor, só não comente com ninguém ainda, está em jogo a minha a vida e a da Alice.

Pediu licença e saiu. Cristine sentiu os pelos dos seus braços queimarem e não conteve o ardor da lágrima que escorreu pelo seu rosto. Ela curvou a cabeça para não ser vista. Olhou envolta e sentiu a dor da solidão. Ela foi muito machucada durante a vida. Mas sabia o que precisava fazer para não acontecer novamente.

16.

Viviane evitou qualquer contato, os pensamentos circulavam na sua mente. "Como sou burra! Eu desconfiei de algo o tempo todo, mas não confiei nos meus instintos. Isso Viviane, agora aguenta". No rosto, sentia as lágrimas descerem sem controle. Olhou no seu telecomunicador: havia várias mensagens de Cristine, mas não respondeu. Ligou para Letícia, disse que teve um problema e que iria trabalhar somente no primeiro dia da semana seguinte.

João e Amélia apareceram no gabinete depois de mandarem diversas mensagens e ligarem, mas nada de resposta. Letícia disse que ela não tinha vindo trabalhar. Os dois amigos resolveram esperar um dia.

— Conseguiu falar com ela? — perguntou João para Amélia

— Nada ainda. A Cristine foi trabalhar no último dia da semana?

— Veio, mas nem fica o dia todo. Está saindo na hora do almoço.

— Eu não aguento mais. Vamos lá falar com ela.

— Não deve ter sido uma simples briguinha. Depois do trabalho, então.

**

Eles informaram sua presença à porteira que os liberou para subir. Quando pararam na porta, ela estava entreaberta. As janelas e cortinas fechadas. Um cheiro de bebida, misturado com comida. Viviane sentada no canto do sofá.

— Desculpe a bagunça, sem disposição para arrumar.

— Sua cara se preocupar com a bagunça — Amélia comenta ironicamente.

— Verdade. Nada está certo por completo.

— Viemos te ver. Não sei o que aconteceu, mas deve estar doendo muito. Nem trabalhar você foi. — João comentou.

— E, amiga, eu nunca te vi desse jeito.

— É porque eu nunca senti o que estou sentindo. — Amélia vai em direção à amiga e a abraçou. Viviane chorou. Nem podia contar o que realmente a incomodava. Por que ainda se preocupava tanto com Cristine?

— Não sei o que aconteceu, mas não é possível se esconder pelo resto da vida. — João conhecia bem aquela situação.

— Quer contar, sei que tenho fama de língua solta, mas só das coisas do João.

— Vocês deveriam se casar, seriam um casal lindo.

— Parece que a dor está passando, até piada tá fazendo.

— Aff, meus olhos agora são para o amiguinho da Cristine

— Sério? Eu nem percebi.

Conversaram mais um pouco sobre as rotinas perdidas por Viviane e a preocupação nos olhares das pessoas devido a sua ausência inesperada.

No primeiro dia da semana, Viviane recebeu uma mensagem de João logo cedo.

Amiga, me liga agora.

Ela de imediato ligou para o amigo.

— Fala logo, você está bem? Você me assusta. Nem tomei café ainda.

— Vamos por parte, você falou com a Cristine no final de semana.

— Não.

— Acabei de receber um alerta de um novo processo de investigação, e sabe que está sendo investigada?

Viviane soube na hora sem ouvir a resposta do amigo.

— Você sabia disso?

— João tenho que desligar.

Pouco tempo depois Viviane estava na portaria do prédio de Cristine pedindo permissão para subir.

— Muito cedo? Nem a cumprimentei. Desculpe ser direta.

— Tudo bem. Estou acordada desde cedo, fui caminhar às cinco da manhã.

— Alice está em casa?

— Sim. Eu estava indo acordá-la.

— O João hoje cedo recebeu uma notificação de um novo processo investigatório, e nele você está sendo investigada de sequestro, falsificação documental e declaração de morte ilegal.

— Ele está cumprindo o que falou.

— Precisa procurar um Defensor.

— Não dá. Alice não precisa passar por tudo isso. Viviane, não quero e não vou envolver você em tudo isso. Só peço uma coisa, pede para João distribuir depois das dezessete horas de hoje.

— Cristine, o que está pensando em fazer?

— O necessário.

— Vai fugir. Se você fugir ele vai te perseguir e a justiça também.

— Tem razão. Sabe, passei por diversas coisas na vida, fome, frio, violências, e lidei com todas elas. Algumas vezes até perdi a vontade de viver. E não digo isso para ter pena de mim. Mas eu não vou permitir que a minha filha passe por mais isso e muito menos retorne para Bernaco.

— Se você se importa mesmo, por que não enfrenta de uma vez?

— Ele é um homem muito influente e por mais que Liberta seja uma democracia, você tem consciência que não é perfeita. Existem pessoas com poder e influência aqui dentro que concordam com os atos do meu marido.

— Não, Cristine. Eu acredito na criação que tive e no país que moro.

— É fácil acreditar quando só se conhece uma realidade. A minha realidade é muito distante da sua, eu vivi nas duas. Conheço pessoas aqui que agem e pensam como no meu continente.

— Que merda, Cristine. Eu gosto de ti, adorei sua filha. Não podemos permitir que tudo isso acabe por causa de um homem indigno de ser chamado de humano.

Cristine não esperava essa reação e compreendeu.

— Está bem, o que você pensa em fazer?

— Primeira coisa é chamar um Defensor, e não pode ser qualquer um. João distribuindo após as dezessete de hoje somente amanhã por volta das onze da amanhã o seu gabinete ficará sabendo desta investigação. O ato inicial será de afastá-la para esclarecimentos, mais ou menos quarenta e oito horas para a decisão. Então temos até o fim de

semana, o seu depoimento na parte investigatória deve acontecer no último dia da semana ou no primeiro dia da semana seguinte.

— Viviane, eu sei dos procedimentos.

— Conhece algum Defensor especializado em refugiados?

— Não, mas conheço alguém que conhece.

— Então não espere — ela se aproximou e beijou Cristine — Outra coisa, vida que segue.

Viviane se despediu de Cristine. Ela foi até o quarto da pequena. Ficou na porta olhando para ela, e pediu "Me perdoe minha menininha, mas você vai ter que ser forte mais um pouco".

17.

Viviane não sabia muito sobre sequestro de um filho cometido por um dos pais. Começou fazendo o que aprendeu com os seus pais. Estudou tudo que conseguiu. Tirou o dia de folga. Pediu para Cristine passar no seu apartamento depois do trabalho.

— Viviane, falei com a Defensora indicada pelo Jorge. Ela marcou uma conversa por telecomunicador amanhã cedo.

— Fiz uma pesquisa na área. Nesta situação quem julga é a justiça internacional, ela abrange todos os assuntos na esfera do civil e criminal. Estudei algumas estratégias que podemos usar.

— Espera, você fez o quê?! — Viviane conduziu Cristine no seu pequeno escritório — Seu pai...

— Isto. — Viviane abriu uma grande folha do tamanho da mesa quatro por quatro, cheios de papéis colados, com seta e linhas. Descreveu todas as estratégias possíveis, dentro de tudo que elas conheciam e das alegações na notificação. Pensaram juntas em como resolver cada passo.

— Como ficou extraordinário o seu quadro.

— Sou filha de um professor nato, quem você acha que me ajudava com as atividades escolares? — nostálgica, mexeu no papel biodegradável.

Cristine tocou o cabelo de Viviane, colocando-o atrás da orelha. Ela pulsava quando percebeu o que tinha feito. Descobriu algo que gostava mais do que ser assistente.

Na hora marcada a Defensora que Jorge indicou, ligou no telecomunicador. Viviane estava junto.

— Bom dia, meninas — era uma mulher linda, sua pele brilhava como um dia de sol, portadora de um sorriso que era capaz de irradiar um auditório inteiro.

— Espera, você é a Marlene Benvite?

— Sim, senhora.

— Eu li tudo ao seu respeito. Não achei que fosse cuidar do caso pessoalmente.

— Você é a Viviane, imagino. O caso me chamou a atenção, quando o amigo Jorge me contou, então resolvi falar com você ao invés de um dos meus assistentes.

— O Jorge nunca me contou sobre a amizade de vocês.

— E você deve ser a Cristine. Acredito que ele não se sinta à vontade para falar sobre isso. Foco no que interessa. Preciso que me contem tudo.

— Podemos mostrar.

Viviane abriu o painel na frente da câmera e em seguida projetou no telecomunicador. Ela leu, curvou a cabeça para compreender os detalhes escritos, pegou uma caneta a laser, e fez o caminho de cada pensamento.

— Se todos os meus clientes fossem assim, teria de mandar embora todos os meus assistentes! — as duas eram como crianças recebendo a melhor nota pelo trabalho — Mas o que realmente preciso saber é o que não está aqui — a atmosfera mudou. — Não quero descobrir durante as reuniões coisas que já deveria saber. Não posso defendê-la daquilo que não conheço.

As duas se olharam.

— Ocorreu o sequestro da criança? Se forem omitir algo, precisam melhorar esses olhares — nada disseram. — Meninas, não posso ajudar se tiver surpresas que não deveriam ser surpresas para mim, entendam isso. Acredito que conheçam a relação de Defensor e defendido — as duas ainda nada disseram e nem se olharam. — Certo. Então, vou contar uma história, e prestem atenção. Uma menina que nasceu no corpo de menino. Algo muito comum e tranquilo por essas terras, pois dispomos de ajuda necessária para esta situação, mas que não nasceu em Liberta, e sim, Bernaco. Seu pai, no desespero, enviou o filho para o exército nacional, para aflorar sua masculinidade. Imagine. Uma menina sendo tratada como homem, porque seu corpo era de homem e vendo mulheres sendo exploradas e maltratadas por serem mulheres. A vida lhe deu uma chance e ele a agarrou. Casou-se com uma mulher que não se identificava como mulher no seu íntimo. Então decidiram sair daquele lugar. Fugiram para Liberta. Mas isso custou a sua dignidade e a vida da sua mulher amada. Ele perdeu. E aí? Há algo que eu precise saber?

— Eu sou de Bernaco. Meu nome verdadeiro é Cristine Artemes Belina. Sou casada com Paulo Artemes Belina, aristocrata influente da monarquia de Bernaco. Então, quando perdi uma filha no meu ventre por causa das surras dele, decidi que fugiria e levaria comigo a única filha viva.

— Não contou para ninguém essa sua condição?

— Viviane soube depois de ser abordada por um estranho, e Jorge depois que tive conhecimento da investigação instaurada e pede ajuda para ele.

Repassaram a história de Cristine com as anotações que tinham. Marlene avisou que o primeiro ato seria o exame genético para garantir o grau de parentesco com Alice.

18.

    Viviane, logo cedo, mandou mensagem para sua mãe avisando que iria almoçar lá. Luísa ficou muito feliz, mas estranhou.

— Achei que Cristine estaria com você? Fico feliz que vocês estão se dando tão bem. Ela deve ter muito trabalho.

— Ela está suspensa.

— Não é suspensa, é afastada — falou Antônio entrando na sala.

— Filha, qual crime ela cometeu?

— Mãe, pai, — pegou na mão dos seus pais — precisamos conversar. — escutaram uma batida na porta.

— Quem será? Antônio, vou resolver essa questão do anunciador.

Luísa atendeu, Cristine a cumprimentou e foi entrando.

— O que faz aqui?

— Acredito que eu deveria contar.

— Eles são os meus pais.

— Eu sei, mas eu criei o problema, eu preciso contar.

— Meninas. Posso arriscar? — elas moveram a cabeça de forma afirmativa. — Cristine, está com problema com o pai da sua filha.

— Você contou para sua mãe?

— Não, Cristine.

— Qual o pedido que eu te fiz?

— Deu — Antônio com voz firme.

— Certo. — Luísa segura o braço dela — Acertamos. Quais são as acusações?

— Meu marido de Bernaco me acusa de sequestro de criança, falsificação de documento e declaração de morte falsa.

— Cristine qual prenome da família do seu pai, eu sei que quando casa você os perde.

— Souza Aguiar.

— Quando eu a vi pela primeira vez. Tive impressão que os seus traços eram muito semelhantes aos da patroa da minha família. Eu sou de Bernaco, trabalhei para sua família antes de você nascer. Vi sua mãe chegar aquela casa bem jovem, e torna-se patroa. O senhor Altes, seu avô materno a visitava com frequência.

Cristine sentiu o seu rosto ficar úmido com a fala da Luísa.

— Seu pai era um homem de Bernaco, e carrega a supremacia masculina, quando percebeu que o seu avô não ia para vê-lo, e sim sua mãe. Ele a puniu na frente do senhor Altes. Sei que sabe o que é isso. Isto fez com que ela se tornasse uma mulher de Bernaco.

— Estou aqui por causa da ajuda deles.

— Eu também, seus avôs mantinham uma rede de fuga para mulheres e até homens que não quisessem viver daquele jeito. Ele e sua avó morreram por causa desse ideal. O que é mais difícil é trazer informações de lá para cá, expor a situação das mulheres lá. Pessoas tentam fotografar ou filmar, ou documentar, mas quando atravessam a fronteira algo acontece com esses aparelhos. Tentaram até de forma mais arcaica: papel. Ele dissolve antes de chegar a quem tem que chegar.

— Durante a minha fuga, me entregaram memorizador muito pequeno dentro de um pingente, e que não deveria ser tirado da correntinha, mas quando o meu marido me pegou e me surrou até eu perder os sentidos, acredito que tenha tirado de mim.

— Eles devem ter conseguido devolver alguma tecnologia para manter as informações — comentou Antônio — o setor de tecnologia do Prédio da Justiça vinha trabalhando nisto, um pouco antes de eu me aposentar.

— O João tem um amigo na Torre, ele pode tirar essa dúvida.

— Mas, se tiver algo assim, acredito que seja sigiloso. — comentou Cristine.

— Sim, quando ouvi algo, logo a notícia desapareceu. E ninguém falou mais nada sobre.

— E sem esse conteúdo, como eu vou provar? Tenho marcas no corpo, mas receio que não seja o suficiente. A minha filha Alice é dele. No teste genético vai confirmar. Eu tenho que motivar, entende?

— Cristine, vamos pensar em algo, ou alguma coisa para provar. Você me disse que sua menina tem lembrança do que foi feito com ela na Casa das Benfeitoras.

— Tem o meu depoimento, mas fica só nisso. Eu não queria fazer ela passar por aquelas análises psicológicas.

— Sabemos que não. Mas você sabe que meninas como nós que sobrevivemos nas casas somos mais forte do que imaginamos.

— Vamos fazer assim, precisamos estar fortes. Nada melhor que um bom jantar. Amanhã você e sua linda menina, aqui em casa.

**

Alice, ao entrar na rua do país de Viviane, apertou a mão da mãe.

—Tudo bem, menininha? — Cristine se curvou para falar com ela.

— Igual a casa do vô veio.

— Filha, você não foi para casa do bisa.

— Sim. Lembra? Depois daquele dia.

— Está tudo bem com ela? — Viviane observou a expressão de dúvida da Cristine

— Ela disse que lembrou da casa dos meus avós, mas não deu tempo de conhecê-los.

— Sim, mamãe, depois do dia.

— Mas filha, você nunca me disse que tinha ficado com bisa?

— Lembrei agora.

Chegaram à porta dos pais de Viviane. Ela estava aberta antes de apertar a campainha.

— Falei que isso era bom? Oi, meus amores.

— Sua mãe e as tecnologias. Como não arrumei a campainha, ela arrumou isso — mostrou um aparelho, o anunciador tridimensional — Quando alguém entra no nosso terreno analisa se uma pessoa é registrada ou não; se for, pede a liberação. Se não, questiona qual o procedimento que será tomado. Espera, mas quem é essa pequena menina?

— Assim assusta a menina. Oi. — Luísa curvou-se — Posso mostrar uma coisa legal que o meu novo brinquedo faz? — Alice moveu a cabeça afirmativamente.

— Veja. Quero ver toda rua. — o aparelho projetou até um quarteirão nos quatro sentidos. Alice abriu um sorriso, e colocou as mãozinhas na boca.

— Que legal, né? — Viviane comentou, passando a mão na cabeça da menina, e beijou o seu pai. Alice se sentia segura na presença de Viviane.

A máquina questionou:

— Senhora Luísa, seu filho Pedro.

— Pode abrir — a porta foi novamente aberta — Simples assim.

Pedro estagnou ao entrar na porta e ver Alice sorrindo para ele. Antônio abraçou o filho e comentou.

— Achei que não fosse vir.

— Surgiram coisas para resolver na capital — ele ainda olhava para Alice, quando sua mãe mostrou.

— Temos uma visita especial, Alice.

— Oi, Alice. Como você cresceu!

— A minha mãe diz isso todos os dias. Ela fala que tô crescendo rápido. — Viviane apegou-se na fala do irmão "Como você cresceu", não notou se os demais perceberam.

— Cristine. Você conheceu, né? — comentou Antônio.

— Sim, pai, foi num dos nossos jantares. Tudo bem? Sua filha?

Ela respondeu a afirmativamente. Pedro ficou pensativo se aquilo era uma pegadinha. A criança era muito pequena para lembrar dele, mas ele lembrava. Não era incomum encontrar crianças que ele ajudou a sair de Bernaco, pelo território mais inóspito e perigoso entre os continentes. A terra de ninguém formada por um conjunto de ilhas. Ele decidiu não contar para família o que realmente fazia, caso algo desse errado, não precisariam mentir se fossem interrogados. Diriam o que sabem: ele era voluntário que angariava fundo para construção de casas ou cidades para refugiados de Bernaco. Eles não sabiam que ele entrava e sai de Bernaco disfarçado buscando mulheres, crianças e até homens que não queriam mais aquela vida.

Seus pensamentos foram cortados por sua irmã, que se aproximou dele depois do jantar ao se ajeitarem na sala para uma bebida.

— Então, Alice cresceu?

— Humm.

— Pedro, eu ouvi muito bem sua frase. Usando um raciocínio linear, esta frase somente caberia se você tivesse visto ela mais nova.

— Viviane, foi a forma de falar. Por falar nisso, a mamãe me contou da notificação do Cristine.

— Pedro, precisamos de toda ajuda possível que tivermos disponível. Então vou perguntar mais uma vez, de onde conhece Alice e Cristine?

— Como é teimosa. Eu apenas troquei as palavras.

— O que os irmãos estão brigando? Dá para sentir o clima de longe — abordou Cristine.

— É que minha irmã é uma teimosa, que não aceita uma simples resposta.

— Sabe, a nossa formação genética pode ser diferente. Só que os nossos espíritos são interligados, e eu sei que você está mentindo.

— Aff — mudou de assunto — É a Marlene Benvite que vai te defender?

— Conhece ela?

— Ela ajuda e ajudou muitas pessoas na região que trabalho. Ela é um grande nome na área, e também uma sobrevivente.

Viviane não sabe nem como e nem porque, mas seu irmão estava mentindo. A pergunta é: por que? Ela não era idiota, sabia que ele tinha os seus segredos, mas desta vez teve a sensação que talvez o seu segredo poderia ajudar.

Cristine contou como estava o andamento para ele. A Defensora orientou sobre o que deveria fazer. O exame genético foi marcado para a próxima semana. Sendo positivo, o setor de Imposição acolheria a denúncia do marido. "Porque, na verdade, eu ainda sou esposa dele". O corpo dela reagiu doendo por inteiro, sua voz foi diminuindo, a muito tempo não se via como esposa dele, mas legalmente ainda era.

— Fique tranquila, Marlene é uma excelente Defensora — Pedro identificava essa angústia nas mulheres que ajudava.

Alice surgiu entre os três e pediu colo da mãe, uma reação que ainda era comum. Sem explicar, pediu para tocar o cabelo de Pedro. Ele sem exitar a deixou, ela foi direto na cicatriz que ele escondia com cabelo atrás da orelha e disse.

— Obrigada. — Pedro não soube o que fazer.

— Filha, obrigada por que?

— Você não lembra? Ele tá diferente, mas a cicatriz está ali, o cheiro dele é igual.

— Desculpe, Pedro, ela está muito confusa, acredito que seja toda essa situação. Quando chegamos ela disse que a casa da Bisa era igual a esta, mas não deu tempo de ela ficar com os meus avôs, e agora com você.

— E aí, Pedro, vai falar ou terei que arrancar de você? — Viviane não tinha mais dúvida.

— Mamãe, ele que ajudou.

— O que, filha?

— Sim, eu ajudei. — Pedro respirou fundo — É isso que eu também faço, atravesso pessoas na terra de ninguém.

Pedro não conseguiu mentir na frente da menina. Pediu para irmã não contar aos pais, não queria deixá-los preocupados. Ele explicou que ajudava pessoas a entrarem no continente. Para garantir a segurança do processo, ele não tinha conhecimento de quem eram e para onde iam. Assim, caso fosse pego, não tinha muito o que contar.

19.

    Viviane saiu do quarto antes mesmo que Cristine, fez o café e se serviu uma xícara. Não tinha hábito de tomar café, mas no último mês precisou dessa energia passageira. Escutou o barulho de Cristine, esperou ela surgir.

— Bom dia.

— Fiz o café.

— Obrigada. Marlene já ligou e está no caminho para o prédio da Justiça. Ela disse para chegarmos cedo.

— Ele vai estar lá.

— Com certeza. Depois desse tempo, terei de vê-lo tão de perto. Chega a me dar náuseas.

— Fique tranquila, você não estará sozinha. Ademais, estarão num território neutro.

— Você me lembra o seu pai, quando ele me contou das guerras do mundo antigo.

— Era o nosso hobby, falar sobre todas as estratégias de guerras. Há três séculos não temos nenhuma efetiva.

— Só espero que as armas estejam expostas para assim saber do que temos de nos defender.

    Seguiram juntas para o prédio. Na entrada, estavam os noticiadores, que se aproximaram para ouvir o que elas tinham a dizer. Viviane queria correr daquela situação, Cristine segurou em sua mão. Respondeu: "Nada a declarar, por ora".

— Chegaram — Marlene veio encontrá-las. — Vamos para sala da espera das partes. Adorei a reforma que fizeram. Ficou mais bonito, bem dividido. Quando voltar, vou dar algumas sugestões aos administradores do norte.

Adentraram a sala e ficaram aguardando serem chamadas. Cristine e Marlene foram anunciadas.

Viviane foi sentar-se no mezanino. Escolheu um local que dava para ver Cristine de frente. Quando ela olhou do lado oposto e viu Paulo. O homem que contemplava era de aparência comum, semblante que não entregava o seu lado sombrio. Ele levantou a cabeça e sorriu direto para ela. Cristine observou a cena e sentiu o corpo queimar como se fosse no gelo.

Amélia e João acenaram para Viviane. Ela fez sinal indicando que havia lugares perto dela.

— Fugiram do trabalho?

— Acredito que todo o prédio queria estar aqui. — falou João.

— Eu disse para o meu chefe: querendo ou não, minhas amigas precisam de apoio. Eu vou.

— Seu chefe é um molenga — João retrucou.

— Você tem inveja dele.

— Por que?

— Essas brigas de vocês dois até me distraem desta tensão.

A composição era a mesma de qualquer julgamento: o Decisor e a Mesa Decisora composta por sete pessoas, sendo três homens e três mulheres e a última era sorteada. O sorteio era feito de forma aleatória. Nenhuma das partes poderia escolher. Só eram retirados caso o próprio Decisor ou Decisora apresentasse uma justificativa. Nesta reunião havia quatro homens e três mulheres, sendo a Decisora Presidente, uma mulher.

A Decisora que presidia, informou o andamento dos procedimentos.

— O resultado do exame genético deu positivo. Seguiremos as normas. A criança fará visitas assistidas e passará por avaliações psicológicas. Conforme o relatório da defesa, ambas sofreram violência. Foi pedido pela defesa avaliação neural.

— Acredito que só os depoimentos irão esclarecer os crimes cometidos pela parte oposta — objetou o Propositor de Paulo, homem esguio de olhar sombrio e vazio.

— Eu também acredito que conheça as normas desta reunião. Mas não me custa lembrar. Quando uma das partes falam, as demais apenas sinalizam que querem falar, colocando a mão no local indicado

na mesa — respirou fundo e continuou. — O pedido da avaliação foi entendido como necessário pelos Decisores. Diante disso, suspenderemos por mais duas semanas o andamento. Nestas duas semanas, a criança passará em dias interlagos com o pai por duas horas, e no décimo quinto dia fará a avaliação neural. O exame será feito na criança Alice e na senhora Cristine. As partes terão acesso ao relatório das avaliações às quatorze horas. No décimo sexto dia às quinze horas, retornamos. Após, seguiremos os procedimentos de apresentação das alegações da parte contrária e se for necessário do Impositor nomeado, bem como a Defensora. Apresentação de provas. Oitivas das partes e testemunhas. E, por fim, a decisão.

— Pois não, senhor Propositor.

— Apenas um esclarecimento. Qual a ordem da oitiva?

— Diferentemente do seu continente, a ordem é a regra do procedimento, acusação primeiro e defesa por último, sendo indiferente se for um homem ou uma mulher, todos serão ouvidos e questionados. E terão peso igual na análise.

O Propositor virou-se para Paulo e comentou em seu ouvido:

— É por isso que esse país é tão desvirtuado, desde quando a mulher precisa ser ouvida? a resposta de Paulo

— Meu caro, se tivesse ouvido o meu pai, hoje estaria no controle.

***

A primeira visita assistida ocorreu no dia seguinte às nove da manhã. A psicóloga indicou um local neutro. Então, foram em um dos parques da cidade. Paulo aguardava a filha. Alice viu o pai de longe, segurou firme a mão da psicóloga e estagnou.

— Não precisa ter medo, Alice. Eu estou com você e vou ficar o tempo todo. Olha em volta, estamos com policiais. Qualquer coisa é só fazer um sinal. Lembra qual é? — Alice fez a letra V — Exato.

Paulo, quando a viu, abriu os braços para cumprimentá-la. Alice recusou o seu abraço e qualquer contato físico com ele. Paulo entregou a ela um presente, que ela recusou. Alice não conseguia encará-lo, o som da voz dele era como a dor de ossos quebrados. Sentia vontade de chorar, mas lembrava da surra que levava por cada lágrima que caía em seu rosto.

Ele abriu o presente e mostrou para ela. Era uma boneca de Bernaco, sem cor e sem vida.

— Eu lembro que você adorava brincar com essas bonecas.

Alice ainda não tinha reação. Ela não entendia como as pessoas que são maiores que ela não viam a dor que ela estava sentindo. Porque ela tinha de ficar perto dele? Ele nem gostava dela. Alice, num esforço interno, buscava boas imagens na memória, como a sua psicóloga ensinou, mas nada vinha. Apenas surras e palavras como "menina burra", "menina que não consegue aprender nada".

— Filhinha, não precisa ter medo do seu pai. Eu agora tenho outra esposa que vai cuidar de você. E você tem outros irmãos, sabia?

Alice pensou "Irmão?! Outros para me baterem e o senhor achar graça?". A psicologia surgiu que tomassem um suco e que se sentassem na mesa. Alice aceitou o suco e o pai colocou a boneca na sua frente e mais uma vez tentou falar com a filha sobre as coisas boas que ela teria em Bernaco.

— Senhor Paulo, tem que ter paciência. Faz tempo que o senhor não a vê.

— Paciência?! Alice é minha filha e foi tirada de mim a força.

Alice focava apenas no grande relógio que tinha à sua lateral no meio do parque. Sabia ver a hora desde muito pequena, aprendeu rápido, queria saber quanto tempo os castigos duravam na Casa das Benfeitoras, eram duas horas. Então só aguentar.

***

Cristine tentou concentrar-se, mas nada além da sua filha naquele parque vinha à mente. Sentada no sofá mirando o relógio. Escutou o anunciador tocar. Era Viviane.

— Bom dia. Eu sei que não combinamos nada, mas imaginei que não estaria bem com Alice na sua primeira visita assistida.

— Entre. Ainda bem que veio, como não posso trabalhar até que tudo se resolva, não tenho muito o que fazer.

— Imaginei que já tivesse tomado café, mas trouxe um pedaço de bolo que fiz ontem para relaxar.

— Quem me dera ter vontade de cozinhar para relaxar.

— Vou fazer uma bebida quente para tomarmos com bolo.

Viviane e Cristine conversaram sobre as provas que tinham. Cristine estava preocupada porque as testemunhas que tinham eram as oficiais do governo. Os auxiliadores da fuga não poderia depor sem expor o esquema inclusive o irmão de Viviane, que seria uma testemunha crucial. Elas não deixariam ele correr o risco e nem pediriam isso a ele. Cristine sabia que precisava provar sua condição em Bernaco para conseguir pelo menos que a filha ficasse em Liberta. O seu objetivo era garantir a permanência da menina. Caso ela fosse sentenciada, a pena seria cumprida em Liberta, perderia o seu cargo, teria de iniciar tudo de novo, mas sua filha estaria salva.

— Cristine, sei que deve estar com medo.

— Estou com medo por Alice, se ela tiver de voltar para aquele continente.

— Existem vários resultados. Mas acredito que o exame neural vai ajudar nesta questão.

— Vi, quero agradecer pela ajuda. Você é uma peça fundamental.

— Cristine, tivemos nossas dificuldades iniciais. Mas eu gosto muito de você e da Alice

— Eu sei. Por isso tomei uma decisão. Vou colocar você como tutora substituta de Alice, claro, se você aceitar?

— Mas...

— Se não quiser eu vou entender.

— Não é isso, Cristine. É que não vai precisar.

— Vi, conhecemos as possibilidades. Eu preciso que minha filha seja bem assistida.

— Se isso te deixa mais tranquila, eu aceito — Cristine necessitava garantir a segurança de Alice.

20.

Viviane, antes do sol surgir, correu e caminhou. Precisar pensar em tudo que estava acontecendo na sua vida. Há pouco meses estava na sua rotina. Trabalhar. Ler. Estudar. Correr. Conversar com amigos. Jantar com os seus pais. Férias anuais. Sem mudanças. Neste momento, era tutora de uma menina, namorada de uma mulher acusada de um crime, férias antecipadas, irmão envolvido com fugitivos de Bernaco e usou de meios escusos para descobrir informações sobre o processo da namorada. O que mais teria de fazer? E nada daquilo a fazia se sentir mal. Quanto tempo da vida ficou parada?

Seu telecomunicador tocou uma mensagem.

Oi, bom dia. Virá aqui em casa ou vai direto para o Prédio?
Passarei aí.

Ela mudou a direção e começou a retornar para seu apartamento.

****

Cristine preferiu caminhar na parte recreativa do prédio, não queria ficar longe de Alice. Sabia que o procedimento logo mais seria traumático para a menina, mas era necessário para garantir que pelo menos ela fique em Liberta e que, no máximo, o pai teria o direito de vê-la por vídeo ou presencialmente de forma assistida, até que ela atingisse a idade adulta.

Na hora marcada, as três entraram no prédio da Tecnologia de cinco andares, mas que ocupava cerca de cinco quarteirões interligados entre si. Era uma grande cidade suspensa. Foram identificadas, e Viviane as acompanhou até a sala de espera. Viviane notou a angústia de Alice, curvou-se para falar com ela.

— Quanta coisa tecnológica, imagina a minha mãe aqui.

— Sim — sorriu, Viviane a beijou suavemente na testa.

— Fique tranquila pequena, você não estará sozinha, eu ficarei aqui esperando até você sair.

— Obrigada por cuidar de nós — agradeceu Cristine com um beijos suave nos lábios de Viviane.

Cristine e Alice entraram em salas separadas, havia uma médica neurologista e psiquiatra e uma psicóloga para cada uma. Cristine observou a filha entrar numa porta não muito longe da sua.

— Fique tranquila, ela está muito bem acompanhada. Vou explicar como vai funcionar.

Colocaram eletrocondutores no corpo inteiro de Cristine, os quais tinham a função de analisar o andamento de como seu corpo responderia aos estímulos.

— Senhora Cristine, colocamos estes eletrocondutores em todo o seu corpo. Eles têm a função de nos dar uma análise completa dos estímulos que seguirão. Dentro da máquina, respire normalmente. Ela exporá o seu corpo para nós de forma tridimensional. A psicóloga conversará com a senhora e apresentará algumas imagens e fará as perguntas elaboradas pelas partes e pelos Decisores. Seu corpo terá algumas reações e, a partir delas, será feita uma análise conjunta entre nós e máquina.

O procedimento começou com uma imagem simples de uma casa e gradativamente foi aumentando para imagens mais fortes, como cenas de violência descrita por ela, a psicóloga. Ela recebeu um sedativo leve.

Quando finalizou, Cristine não notou o tempo passar, e nem se recordava de todas as imagens ou perguntas feitas.

— Nossa, que rápido — comentou Cristine quando a auxiliar foi tirar os pontos do aparelho.

— A senhora ficou conosco 50 minutos.

— Nossa. Tive a sensação que foram dez minutos.

— Normal, a senhora foi levemente sedada. Colabora com um relaxamento profundo. Os pacientes têm percepção diferente do tempo.

— O resultado será enviado para a Defensora, Propositor e Impositor às quatorze horas.

Cristine foi conduzida até a sala de espera e encontrou Viviane sentada lendo algo físico. Ela ainda gostava de ler no papel biodegradável.

— Oi. Alice já saiu?

— Ainda não. A moça que acompanhou ela disse que iria demorar um pouco mais.

Viviane ficou em silêncio, esperando que Cristine comentasse algo sobre o procedimento, mas nada falou. Parecia que estava ausente, suas falas estavam um pouco desconexas.

— Não consigo pensar direito.

— Mas está se sentindo bem?

— Eles me deram um sedativo leve.

— Você nunca foi sedada?

— Sim, mais forte inclusive. Quando… — não soube como se referir ao seu marido — Paulo me agredia e deixava ferimentos no meu corpo. Eu era submetida a procedimentos cirúrgicos. — ficou em silêncio, tentando formar a próxima frase.

Viviane iria questionar, mas decidiu esperar.

— Existem hospitais que eles chamam de "clandestinos", aos quais as esposas são levadas.

Viviane esticou a mão e a fechou sobre a mão de Cristine. Elas se olharam com cumplicidade e compreensão. Cristine deixou uma pequena lágrima escorrer no seu rosto. Viviane moveu a outra mão e secou. Encostaram-se pelas testas.

— Estou com medo.

— Quem não estaria, no seu lugar? — respirou e continuou — Cristine, você não está sozinha.

Cristine soltou a mão de Viviane e a abraçou. Chorou devagar. O conforto de pertencer a energizou. Ela ainda não sabia ao certo o rumo da sua vida, mas sabia que não estava mais só. Viviane a amparou por inteira, com uma filha, ex-marido abusivo, processo, prisão e outros dissabores da vida.

Escutaram a porta se abrir, e saiu Alice numa cadeira de roda, isso fez com que Cristine levantasse e questionasse a acompanhante.

— Ela está bem, é só sono. A médica virá falar com senhora.

Logo atrás, surge a médica e psicóloga.

— Senhora Cristine, fique tranquila Alice está fisicamente bem. Não posso adiantar o relatório. Mas, como médica, quero lhe dar uma sugestão de fazer uma tratamento mais elaborado com sua filha.

— Desculpe cortar a senhora, mas ela vai à psicóloga desde que chegamos aqui.

— Sim, eu sei. Inclusive o relatório foi fundamental para nos ajudar. Mas aqui temos tecnologia e uma equipe multifuncional, acredito que podemos ajudá-la de forma mais efetiva.

Cristine sem o pensamento linear, não respondeu, então Viviane tomou a frente.

— Podemos fazer assim, esperamos o resultado da reunião. Decidimos. As senhoras têm um cartão?

Elas entregaram um cartão para Viviane que o pegou, agradeceu e guardou.

Às quatorze horas, Marlene recebeu o relatório em seu telecomunicador. Abriu na tela maior e começou a ler. As palavras tomaram vida, formando imagens que geraram náuseas nela.

Ela conhecia a violência daquele continente. Era vítima dele, mas estava do lado dos privilegiados. Teve que se ocultar do seu verdadeiro eu para se manter viva lá. Mas não imagina que submissão que uma menina sofria por ter nascido mulher. A mulher que amou e perdeu não falava da sua vida em Bernaco.

Levantou-se e foi até a mala, abriu uma pequena caixa e a viu. Chorou por ela e por todas elas. Será que algum dia a dignidade humana será algo comum, como se alimentar todos os dias?

Marlene começou a escrever o seu parecer. Sabia que a prova do caso estava naquele relatório, mas ainda não tinha certeza se ele seria o suficiente. Os Decisores poderiam considerar muito subjetivo.

21.

Às quinze horas, a reunião processual teve o seu início. A Presidente se pronunciou.

— Boa tarde a todos. Dando continuidade aos trabalhos, seguiremos com reunião da seguinte forma: cada parte exporá suas alegações por vinte minutos; depois, as provas, e por fim, depoimentos e testemunhas. Sendo assim, o Propositor do Paulo e o Impositor iniciam suas exposições em seguida a Defensora Cristine.

A Defensora e o Propositor exerceram os seus deveres expondo suas alegações como vigor e maestria. Eles sabiam usar as palavras a seu favor. O Impositor alegou crime de sequestro. Cristine aprendeu a ler os Decisores, e sabia que até aquele momento daria empate.

— Passemos para as provas.

O Propositor de Paulo comprovou que ele estava casado, e tinha outros filhos com a nova esposa. Mostrou o atestado de óbito de Cristina.

— Como podem ver, o atestado é falso. Isso demonstra a fragilidade do caráter da senhora Cristine.

— Senhor Propositor, o juízo de valor os Decisores o farão.

— Estou apenas auxiliando.

— Acredito que todos os Decisores têm discernimento, senhor.

Cristine constatou que as atitudes do Propositor deixavam os Decisores incomodados. Viviane não tinha visão dos Decisores, apenas da Decisora Presidente, que estava muito atenta a cada fala e movimento das partes.

Marlene levantou com seu belo salto, postura ereta e cabelos com lindas tranças. Iniciou sua fala:

— Não temos prova em contrário para o atestado de óbito e para a fuga para Liberta. Mas temos documentos que mostram a motivação. O primeiro deles nem foi comentado pelo Propositor, que é o

relatório do exame neural. Cristine e sua filha foram submetidas aos exames, e vejamos...

Marlene releu pontos que indicavam maus tratos sofridos por elas. Colocou gravações sobre as agressões sofridas por Alice, assim ouviriam a voz da criança relatando o que via e sentia em relação ao pai. Ela contou que sentia o cheiro de xixi dela e das outras meninas, que se misturavam nas duas horas de punição. As refeições e água eram escassas. As pequenas mãos faziam todas as tarefas enquanto as Benfeitoras as adestravam para obedecer. Viviane sentiu adagas atravessando o seu corpo ao ouvir os relatos.

Cristine respirou fundo, e uma gota de lagrima molhou o papel biodegradável na mesa, Marlene chamou atenção.

— Pausei para situar a fala da criança. Esta memória é exatamente o dia em que viu sua mãe ser torturada em público com chicotes, conforme está no relatório em cópia para Decisores.

> *Minha mamãe foi pendurada num pau e o homem da sombra, meu pai. Ele batia nas suas costas e o sangue escorria. Minha mamãe morreu. Então corri para tocar nela. Quando toquei mamãe, ela disse que me amava, e me entregou esse pingente que carrego comigo.*

Cristina, absorvida na imagem descrita pela filha, subitamente ergueu a cabeça e procurou Viviane.

— Acredito que os motivos da falsificação do nome e da fuga com a filha para Liberta estão no corpo, na memória e no relatório apresentado no exame — Marlene finalizou e se sentou.

— Precisamos de um intervalo — sussurrou Cristine para Marlene.

Indicou que precisa falar para os Decisores e solicitou um intervalo.

— Concordo com a senhora. Intervalo de quinze minutos, peço que todos se retirem fiquem apenas na sala os Decisores.

Cristine pegou na mão de Marlene e fez sinal para Viviane. Encontraram-se no lado de fora.

— Viviane, cadê a Alice?

— Está com minha mãe na sala reservada.

— Precisamos falar com ela agora.

— Está tudo bem?

— Só me segue.

Quando as três mulheres entraram na sala a criança brincava com Luísa de quebra cabeça.

— Mamãe, que saudade.

— Eu também, minha menininha. Preciso falar contigo de uma coisa difícil.

— Ah, mamãe, não quero. Dói aqui — mostrou a região do coração.

— Eu sei, mas isso vai ajudar a gente a ficar onde estamos.

— Não terei que ver o homem sombra?

— Exato — Cristine não tinha certeza, mas precisa tentar — No exame que fizemos, você falou de um pingente. Lembra?

— Não lembro que falei dele, mas é este aqui mamãe. Eu guardei como a moça de olhos grandes e pele pretinha me pediu.

— Posso ver ele?

— Cuidado, mamãe.

Cristine pegou e tocou com a digital de seu polegar e como uma flor se abriu e saiu um pequeno memorizador.

— Cristine, isso é o que estou imaginando que seja?

— Meninas, poderiam me esclarecer? — comentou Marlene.

— É a prova que precisávamos.

Cristine tirou o memorizador e foi solicitar ao assistente da Decisora um telecomunicar oficial. Na sala reserva, ela o abriu. Imagens tridimensionais das torturas sofridas por Cristine, os procedimentos cirúrgicos de recuperação no hospital clandestino e também de outras mulheres que participaram do programa de fuga de Bernaco e, no final, a Casa das Benfeitoras que Alice e outras crianças ficaram.

Viviane, Cristine, Luísa e Marlene se abraçaram com lágrimas nos rostos. A união não elimina a dor sofrida, mas ameniza os traumas.

Marlene informou ao assistente que antes de dar continuidade à reunião, precisa falar com os Decisores.

— Senhores Decisores, preciso apresentar uma prova que está fora dos autos. E, antes da objeção do senhor Propositor, nós só tomamos conhecimento depois que tivemos acesso ao conteúdo do exame neural.

— E o que seria? — indagou a Decisora Presidente

— Um memorizador que foi colocado no telecomunicador oficial.

— Poderia esclarecer o que seria o conteúdo?

— São imagens que comprovam como era a vida de Cristine e Alice em Bernaco e, não só isso, como de outras mulheres. Inclusive, requeiro que seja duplicado para centros de refugiados para localizar as mulheres na imagem. Se tivéssemos essa prova conosco, nem precisaríamos desta reunião.

— A "Defensora" está jogando com os Decisores.

— Não entendi, senhor, o Defensora entre aspas.

— Eu sei quem você é. Se engabelou para cá, e virou mulher, que coisa mais humilhante para um homem.

— Senhor Propositor, mas uma palavra ofensiva neste nível e vou entender como crime, e o senhor sairá daqui escoltado. Acredito que eu, mulher e Decisora Presidente, fui clara.

— Peço, inclusive, prazo de algumas horas para analisar e apresentar como prova — solicitou Marlene.

A Decisora Presidente questionou pelo telecomunicador oficial dos Decisores e estes concordaram com o prazo.

— Então, faça cópia para as demais partes e amanhã às nove horas cada parte terá um tempo para abranger as alegações desta prova, concomitantemente à análise do original e da sua veracidade no setor tecnologia.

22.

Saíram do Prédio pelos fundos, evitando noticiadores. Viviane no caminho mandou mensagem para João.

> *Preciso falar com vc, desculpe não ter me despedido de vcs.*
> *Super entendo.*
> *Quando chegar em casa, nos falamos.*

Decidiram ficar na casa dos pais de Viviane porque assim evitariam confrontar algum noticiador atrás delas. Luísa deixou o ambiente preparado para as três.

— Falei que ia aprender a mexer nesse troço — Antônio disse enquanto abriu a porta para elas.

— Ele está super tecnológico, tia Luísa.

— Verdade, Alice.

Luísa acomodou Alice no antigo quarto de Pedro. Ela adorou. Cristine e Viviane foram colocadas no antigo quarto dela.

— Senhora Luísa, eu durmo com Alice.

— Aff, posso parecer e ser velha, mas me nego ser antiquada. A mala que deixaram pronta está disposta nos armários.

— Senhora Luísa, é só por uma noite.

— Relaxa, Cristine, mamãe não sabe fazer as coisas pela metade.

— Então, eu vou ajudar a senhora a fazer o jantar.

— Isso eu aceito.

— Podem ir na frente.

Mandou mensagem para João.

> *Ocupado?*
> *Para vc quase nunca.*
> *Engraçadinho.*
> *Eu sei o que vai me pedir...*
> *Como você é esperto.*

Não, foi Amélia que deu a deixa.
Eu digo, vocês são uma dupla.
Aff, mas respondendo sua pergunta, é autêntico.
Eu nem fiz a pergunta
Nem precisa.

Sentou no chão, sentiu a suavidade do tapete, e o fio de esperança correu pelo seu corpo. Tinha que aceitar a importância de Cristine e Alice em sua vida metódica, como diriam os seus amigos. Alice espreitou pela porta, Viviane fez sinal para entrar e a menina pulou nela, com a mesma confiança que a águia tem nas suas asas.

Ouviram os nomes das partes para entrarem na sala de reunião, cada qual ocupou os seus devidos lugares, Cristine olhou para mezanino e viu: Viviane, Antônio, Pedro, Nataly, Caio, Amélia e João. Apesar da prova que tinha, não controlava a decisão. Porém, sozinha não estaria.

— Informo que a prova será acolhida diante a sua veracidade. Portanto, inicie suas exposições. Primeiro, o Propositor.

Ele usou de artimanhas e frases para tentar invalidar as imagens. Trouxe comparativos alegando qualidade de vida em Bernaco. E, por fim, a sua cartada final:

— Bernaco tem sua própria cultura e deve ser respeitada.

As pessoas, absortas pela sua eloquência ao falar, pareciam perdida nos seus pensamentos com a conclusão do Propositor.

O Impositor mais uma vez se absteve de falar sobre a prova e afirmou que iria apenas fazer uso da palavra nas alegações finais.

Marlene pediu licença e expôs algumas cenas que estavam no memorizador.

— Entendo que vimos mais que o suficiente e, acreditem, existem muitas informações, cenas e conversas neste memorizador. Porém, eu, Marlene, Defensora de Cristine, não me sinto à vontade para mostrar. Meu corpo e meu espírito compreendem muito de perto essa violência de gênero. Portanto, o que deve ser respeitado é a dignidade da pessoa humana e não a cultura homicida. Encerro minha fala por ora.

— Vamos iniciar a penúltima parte: testemunhas — informou a Decisora Presidente.

Entrou a cuidadora de Cristine. Ela não acreditou quando a viu, mas sabia que ela não tinha escolha.

— Nome completo, registro e relação com as partes — solicitou a Decisora.

— Martiela Fenício. 0201B02. Sou cuidadora da casa do senhor Paulo.

— Relate sobre o que sabe do fato exposto, o qual foi lido para todos inicialmente.

— Bem, a narrativa é diversa da realidade. A senhora Cristine tinha uma grande dificuldade em se adequar ao ritmo da nova família. Por diversas vezes o senhor Paulo deu-lhe a chance de desistir do casamento, mas ela dizia que não queria voltar para sua antiga família.

— Na defesa, Cristine alega que foi agredida diversas vezes, conforme as provas apresentadas. Há algo a dizer sobre isso?

— O senhor Paulo... — tentou virar a cabeça para o lado no qual ele estava.

— Conforme todos foram orientados, devem apenas olhar para frente, na minha direção.

— Desculpa, nunca estive num lugar como esse.

— Poderia responder, por gentileza?

— Eu nunca vi estas situações. Inclusive ele possui uma nova senhora atualmente, que está muito feliz.

— Mesa, algum questionamento?

Apareceu na tela: "E a filha, como era o convívio?"

— O senhor Paulo é um pai exemplar para os seus filhos. — sinalizaram que não havia outras perguntas.

— As partes, alguma pergunta? — questionou a Decisora

Ambos responderam que não.

Na segunda testemunha, que era o cuidador da casa, a Decisora Presidente e a Mesa Decisora questionaram se as demais testemunhas confirmavam algo diferente do que elas já ouviram, ou acrescentariam algo diferente do que foi declarado por escrito por elas. Então, depois de exporem os depoimentos por escrito e as testemunhas confirmarem, solicitaram o depoimento da Alice.

— Quanto a Alice, antes de continuar, a Mesa Decisora tem uma pergunta "Porque a criança não tem registro em Bernaco?", para o Propositor de Paulo.

— O senhor Paulo não teve tempo de registrar.

— Mas o registro não é feito no nascimento? — questionou a Decisora.

— São. Decisora, não entendo qual o objetivo deste questionamento.

— Esclarecer. Chamaremos a Alice pelo vídeo. Este foi um pedido do setor de análise psicológica.

— Boa tarde, Alice. Eu sou Marta, Decisora Presidente. Está tudo bem com você?

— Sim.

— Faremos algumas perguntas para você. Caso não lembre ou não saiba, não tem problema, certo? Propositor, inicie.

— Oi, Alice. Você é muito bonita, sabia? — ela concordou com a cabeça — A pergunta é simples, sua mamãe falava do seu papai?

— Não.

— Mas porque não? Era um assunto proibido ou ela falava mal dele?

— É que quando fala do homem da sombra, o pai, dói dentro do meu coração.

— Por que dói? Sente saudade dele?

— Não.

— Sento o que?

— Medo.

— Foi sua mãe que disse para ter medo dele?

— Não sei, mas eu tenho medo dele há muito tempo. Ele não gosta de mim.

— Sua mamãe disse isso? — acariciando o cavanhaque

— Não, ele só falava com os meus irmãos.

— Talvez por ele se sinta mais à vontade, mas ele ama você.

— Não sei.

— Não foi uma pergunta, fique tranquila. Me dou por satisfeito.

O Impositor e a Defensora se abstiveram de perguntar.

— Sem mais testemunhas que possam trazer outros esclarecimentos que não estejam nas declarações. Considerando o horário, faremos um intervalo para almoço e voltamos dentro de uma hora para alegações e em seguida para as deliberações e decisão.

Cristine, Viviane, seus amigos e familiares decidiram não almoçar no prédio, e sim num restaurante próximo ao Prédio da Justiça que foi reservado por Antônio, evitando assim serem importunados por noticiadores ou curiosos durante o intervalo.

— Cristine, não sou de cuidar da vida dos outros, mas vou lhe dar um conselho, se tudo der certo, e vai peça Viviane em casamento.

— Caio, você está zoando com minha cara. Você falou em casamento? Se fosse o Jorge, eu entenderia, mas você?

— Por falar em Jorge, ele virá para decisão, fiquei de avisá-lo.

— Acho que hoje não sai.

— Também não.

Sentaram a mesa e não falaram nada sobre o que aconteceria à tarde. Tentaram focar naquele momento. Cristine observou cada um deles, nos seus jeitos e formas de falar. Sentiu os seus avós e percebeu o quanto era privilegiada, apesar da escuridão que viveu. Ela formou uma família. Pensou em sua mãe, que nunca soube muito sobre ela e suas mazelas. Às vezes, ela a via de longe, ouvindo os pássaros, e dava um leve sorriso, mas ele logo era desfeito pela voz de seu pai ou de algum serviçal. Não entendeu porque tal lembrança lhe viera à mente, mas deu um leve sorriso.

Retornaram ao Prédio, evitando mais uma vez os noticiadores. Logo foram chamados aos seus lugares.

O Propositor utilizou todo o seu tempo em defender a família devidamente constituída, a índole de Paulo, a riqueza de sua família, a linhagem bem sucedida, as garantias de uma vida perfeita que poderia dar a Alice. Isto seria impossível para Cristine que era culpada de um crime e seria sentenciada. Finalizou que a imagem que tentaram passar de Bernaco era um equívoco, como ele demonstrou nas provas, imagens e vídeos por ele apresentados.

O Impositor, na sua posição, alegou que não poderia dar continuidade ao crime de Cristine, porque estava em dúvida se realmente se tratava de um crime de sequestro. Ele entendeu que a vida digna da criança estava em jogo.

A Defensora, por sua vez, foi sucinta. Disse que o exame neural, o relatório de visita e as imagens e vídeos se explicavam por si só. Ela não gostava de ser prolixa. Destacou pontos da trajetória de Cristine e Alice, e perguntou ao final se algum pai ou mãe dedica aos seus filhos, independentemente gênero, não faria o mesmo para protegê-los Se a resposta é positiva, teriam de absolver Cristine por querer uma vida digna para sua ela e sua filha.

A Decisora presidente e os decisores solicitaram a retirada das partes e dos demais do recito para as deliberações.

Cristine e Marlene foram direto para sala reservada ver Alice, que estava fixa olhando para o relógio.

— O que foi, menininha?

— Quanto tempo mais dura o castigo?

— Minha filha, você não está de castigo.

— Estou sim, mamãe.

— Isso vai acabar — Cristine abraçou a filha e Viviane colocou a mão em seus ombros.

Não demorou muito para chamarem ao retorno. Cristine e Viviane se olharam, pois não entenderam o porquê de tanta rapidez.

— Percebemos que não conseguiremos deliberar e decidir na data. Então, retornaremos amanhã às nove horas para nos reunir, e às quatorze horas daremos a decisão. As partes e os interessados podem comparecer às quatorze, quando convocaremos para decisão.

23.

Luísa se aproximou de Viviane que estava sozinha sentada na varanda.

— Cada um no seu devido lugar, seu irmão se ajeitou no escritório. Ele fez de tudo para vir.

— Ainda bem que veio. Espero que a decisão possa auxiliar muitas outras mulheres.

— E vai.

— Mãe, na sua experiência, o que acha?

— Fiz tantas defesas de pessoas que fugiam deste lugar e tentavam a vida aqui, mas não comentava em casa, apenas falava dos casos rotineiros com você. Não queria que você crescesse com tantas preocupações ou tão próxima da dor, como eu. A ironia da vida é que estamos aqui, sentadas, discutindo um caso que pode significar muito para nós. Eu vivi e vi muitas coisas. No mundo antigo, uma geração durava menos tempo. Agora podemos viver até os cem anos, com fertilidade adequada até os cinquenta anos. Mas a violência de gêneros ainda existe.

— Cristine, deve estar apreensiva.

— Não tem como ser diferente. Ela tem você, que, por sinal, se mostrou uma excelente Defensora.

— Que nada, fiz o que o papai me ensinou.

— Quem você acha que ensinou ele?

— Perdeu a modéstia.

— Eu só sei do que sou capaz, e sei também que você tem muita coisa escondida aí dentro.

— Sabe, mamãe, faz tempo que não a chamo assim. Vocês me criaram com as ferramentas que eu precisava para toda e qualquer situação, eu acho que não aproveitei todas elas.

— Como assim?

— Eu gosto de ter as coisas no controle, almoço no mesmo lugar, horário, sigo uma rotina, estudo por prazer, tenho amigos selecionados, mas no que eu contribuo para o nosso mundo?

— Acredito que parte disso seja culpa minha e de seu pai, sofremos tanto tentando fazer algo melhor ao mundo, quando você nasceu decidimos que o seu mundo seria melhor.

— Sou grata por isso, mãe, mas eu tenho uma bagagem de conhecimento, e não utilizo, ajudando quem precisa, por exemplo. Assistir aquele memorizador da vida de Cristine me atordoou de verdade, eu achava que era pela mentira. Mas não, percebi que nada fiz para ser diferente, apenas sigo a minha vida sem fazer algo de efetivo.

Luísa chorou em silêncio. Levantou-se. Passou a mão pelo rosto da filha, e a abraçou.

***

Os participantes foram chamados para retornarem.

— Chegamos a um consenso, como estávamos divididos quanto a utilização e a repercussão do material trazido. Precisamos ouvir a senhora Cristine — houveram comentário por todo o sala — Senhora Cristine, gostaríamos de saber a sua versão dos fatos — manifestou um Decisor.

— Sou filha de Marco Benrute, casado com Lídia Benrute, do alto escalão de Bernaco. Até os sete anos, fui criada na Casa das Benfeitoras. Entre os sete anos e as minhas núpcias fiquei com os meus avós maternos, que me ensinaram a leitura, ciências, artes, tudo aquilo que é ensinado apenas aos meninos. Minha vó me ensinou o que as mulheres precisam saber. Eu sou a penúltima filha de meu pai, os demais foram filhos, então não sei dizer quantos são. Nos meus exatos sete anos, passei por testes físicos e mentais bárbaros. Dependendo do resultado, significaria um casamento, uma vida serviçal ou a morte. Digo a morte porque muitas meninas morrem durante esses testes. Como o natural é nascer mais meninas, os líderes de Bernaco não se importam de perder quase 60% delas nestes testes, garantindo o suficiente para procriar e servir. Eu, como diriam, tive sorte, fiquei com o casamento. E assim foi, me casei. No começo era feliz, cheguei a me agraciar por ele. Atencioso, bondoso, carinhoso, tudo o que uma mulher poderia desejar. Mas quando ele se deu conta de que havia me conquistado, as coisas mudaram — Cristine abaixou a cabeça e sentiu o seu rosto queimar.

— Senhora Cristine, precisa de algo?

— Poderia me servir mais água, por favor? — bebeu água, consumindo sua energia. — Então, a partir dali, ele passou a controlar tudo o que eu fazia, não me permitia mais ficar na biblioteca, escolhia minhas leituras e dizia que uma mulher tem raciocínio limitado. Eu o questionava dizendo que havia aprendido muito com os meus avós, e, a cada questionamento, uma surra. Se a surra fosse muito intensa, levava-me ao hospital para reajustar. Até que veio a primeira gravidez: quando ficou sabendo que era menina, mais uma surra. Passei o resto da gravidez internada. E o mesmo com a segunda. Tentei pedir para ele deixar que as meninas fossem criadas pelos meus avós maternos. Ele se negou e ainda acusou meu avô por descumprir a lei. Meus avós eram exilados. Sobreviveram devido à fortuna que possuíam, mas, se fossem pessoas comuns, seriam mortos, assim como foram minhas filhas. Restou viva apenas Alice. Então, na última gravidez, depois de uma surra, perdi mais uma filha. Por isso meu avô resolveu me ajudar. Fiz a minha primeira tentativa de fuga e, durante o processo, acabei ferindo o meu ex-marido. Resultado: uma surra em público para provar que insubordinação tem consequências. Meus avós não aguentaram e usaram tudo o que tinham para me salvar, isto custou a vida deles.

Relatou cada detalhe do que passou, assim como contou para Viviane.

— Sei que a senhora passou por muita coisa. Eu, como homem deste continente, lhe peço perdão, mas preciso mostrar algumas imagens que podem não ser muito agradáveis antes de fazer os meus questionamentos — disse um dos decisores do gênero masculino.

Projetou algumas imagens dos vídeos e documentos que estavam no memorizador. A cada imagem, Cristine sentia o sabor salgado das lágrimas que não conseguia conter.

— Senhora, essas imagens são reais?

— São sim — seu corpo perdeu a pressão que sentiu durante todo esse tempo.

— Nada mais.

— Precisa de tempo, senhora Cristine? — perguntou a Decisora Presidente.

— Não.

— Alguma outra pergunta dos interessados diretos? — aguardou. — Sendo assim pedimos trinta minutos para ajustarmos a decisão.

***

Abriram as portas para as partes e os demais presentes entrarem.

— Farei um resumo da decisão. No mural de informações, terão ela na íntegra.

"Paulo Artemes Belina procurou o órgão da justiça, alegando que sua filha foi sequestrada por sua esposa Cristine Artemes Belina. Informou que ela utilizou de documentos falsos para da entrada neste continente. A Cristine Artemes Belina não negou nenhuma das alegações do Propositor. A acusada defendeu que a motivação do sequestro da própria filha e da falsificação era o medo de retornar a Bernaco diante de tudo que passou. Tudo o que eu disse está no conteúdo processado.

Avaliamos as provas e procedimentos. Deliberamos que, se estamos em um continente que preza pelo ser humano, independentemente das diferenças entre nós, não poderíamos permitir, neste microssistema da justiça, que um ser humano seja tratado como coisa. Cristine cometeu um crime. Isto é fato. Sendo assim, deveria a Alice retornar para o seu pai em Bernaco e Cristine ser reabilitada. Porém, onde estaria a nossa humanidade? Poderíamos dizer que somos diferentes dos nossos irmãos humanos de Bernaco se permitirmos que Alice, uma criança, cheia de traumas, que chama o próprio pai de homem sombra, retorne para o lugar que a tratou como coisa, somente para cumprir a lei? Ou determinar a prisão de Cristine que fez o necessário para salvar a filha do destino que Bernaco lhe impôs? As imagens de outras mulheres devem ser apagadas? As questões foram levantadas: o problema está nos crimes cometidos por Cristine ou no sistema que ainda permite que seres humanos sejam tratados como objeto? Não podemos aceitar.

Decidimos, assim, que Cristine receberá o perdão. Ela foi subjugada por mais de uma vida. A criança Alice não tem registro em Bernaco, portanto foi registrada em Liberta, consequentemente uma cidadã deste continente. Ambas terão seus documentos legalizados e continuarão a usar o nome Altes, conforme esclarecido nos autos, igual da sua bisavó materna. O Continente Liberta acredita que, por sua Lei Magna, tudo pode ser transformado para o Bem, só depende da modulação. O registro de Cristine terá o estado civil como ser humano solteiro. O registro dela ficará completo com todos os seus dados.

Paulo Artemes Belino e sua equipe serão escoltados daqui direto para o transporte com destino à capital de Bernaco.

Por fim, direcionamos as imagens apresentadas ao setor do Impositor responsável pelo direito à dignidade humana, para garantir a permanência de outros no continente.

As fundamentações e informações estão disponíveis nos nossos painéis digitais, os quais todos podem ler. Encerro assim a reunião."

EPÍLOGO

Caio levou a fama de mago, o casamento aconteceu numa linda tarde sábado, no salão comunitário próximo à casa dos pais de Viviane.

O dia estava lindo. O sol brilhava e o céu tinha um tom azul com vermelho, indicando um dia quente na medida certa. A brisa do mar. Os cheiros das flores. Viviane, na área reservada para noiva, dava um último retoque antes da cerimônia. Sentiu os seus olhos umedeceram.

Antônio, quando entrou, atrás de Luísa, para levar a filha, sorriu, e fez o que fazia de melhor, chorou.

Viviane sentiu um líquido salgado no canto dos seus lábios. Confidenciou aos seus pais em silêncio.

— Quer que eu vá ver Cristine? Deve ser ruim sem um familiar. — Luísa perguntou para filha.

— Obrigada, mãe.

Luísa caminhou até a sala com o coração agradecido pela vida que construiu com Antônio e tudo que viveram, das alegrias e das grandes tristezas.

— Posso entrar?

— Senhora Luísa, entre.

— Nada de senhora ou dona. Seremos da mesma família.

— Força do hábito.

— Está linda demais, agora entendo por que minha filha se apaixonou.

O rosto de Cristine ferveu, não era como os elogios que recebia das pessoas em Bernaco.

— Não sou exatamente o que ela esperava. Mas o que sinto por ela é real.

— Ninguém é exatamente o que outro espera. Amar alguém significa navegar em mares alheios.

— Viviane tem muita sorte de ter pais como vocês.

— Oi, meninas, desculpe atrapalhar, mas chegou a hora.

O amigo deu um abraço na amiga, que a segurou.

— Jorge, não me deixe cair.

Saíram os três e foram se posicionar. Na ponta da esquerda, estava Viviane com seus pais, um de cada lado. Na ponta direita estava Cristine com o amigo Jorge e a esposa, a Mel, guiando-a para que elas se encontrassem no centro.

Viviane perdeu a firmeza das pernas, seu pai sentiu e a apoiou de forma suave. Cristine ficou ofegante. Jorge sussurrou: "Você demorou, mas acertou".

Elas chegaram ao centro ao mesmo tempo e depois caminharam de mãos dadas para o lado direito de Viviane no corredor central, até chegar ao pequeno púlpito com o mestre espiritual esperando e os documentos para assinarem. Elas ouviram cada palavra dita por ele, cheias de motivação. Falou do amor, do perdão, da responsabilidade pelos atos do casal e individual. As mãos delas tremiam.

Foram colocadas de frente uma para outra. Olharam-se, e a pergunta, seguida da confirmação, foram feitas. Viviane respondeu sem pestanejar. Cristine, na sua vez, parou e se questionou mais uma vez.

— Sim — beijaram-se e abraçaram-se.

Então surge Alice com as alianças numa pequena cesta. Estava radiante. A tarde tornou-se o amanhecer.

Seguiram para a festa depois dos cumprimentos. Antônio abraçou Cristine e a tirou para dançar.

— Estou muito feliz por vocês.

— Eu também.

— Nunca a vi tão iluminada.

— Acho que foi essa luz que me encantou na primeira vez que a vi.

— Sabe, quando ela era pequena, fazia várias coisas bacanas e nunca falava para ninguém, sempre muito discreta. Mas essa luz está dentro dela.

Liberta tornou-se o lugar no qual Cristine e Alice podiam chamar de lar. Cristine não acordava mais na cama de qualquer uma, mas sim nos braços de Viviane, a mulher que a fez piscar involuntariamente.

A Impositora, a qual teve sua vida inicialmente cheia de traumas causados pela sociedade de Bernaco e que pactuava com os atos do seu ex-marido, exercia sua função de defender a justiça equânime com tranquilidade no seu novo lar.

Viviane não se sentava mais no mesmo local e no mesmo horário para fazer suas refeições, e, além de seus amigos, João e Amélia, ela tinha a parceira na vida, Cristine, e de quebra, Alice. Isto a fez desabrochar para a sua nova profissão: Defensora. Assim os Fortes Defensores estavam de volta.

- editoraletramento
- editoraletramento.com.br
- editoraletramento
- company/grupoeditorialletramento
- grupoletramento
- contato@editoraletramento.com.br
- editoraletramento

- editoracasadodireito.com.br
- casadodireitoed
- casadodireito
- casadodireito@editoraletramento.com.br